LE CHÂTEAU
DU LAC TCHOU-AN

Frédéric Lenormand est l'auteur de nombreux romans et essais historiques et de pièces de théâtre jouées sur scène et à la radio. Sa fameuse suite des aventures du juge Ti compte aujourd'hui plus de dix romans.

Frédéric Lenormand

LE CHÂTEAU DU LAC TCHOU-AN

Les Nouvelles enquêtes du Juge Ti, vol. 1

ROMAN

Fayard

TEXTE INTÉGRAL

ISBN 978-2-7578-0048-5
(ISBN 2-213-61798-8, 1re publication)

I

Tout en descendant la rivière, le juge Ti se reproche son imprudence ; dans une auberge, il entend d'intéressantes légendes locales.

À la vue du fleuve qui enflait de part et d'autre de sa jonque, le juge Ti se dit qu'il avait commis une folie en s'embarquant malgré les avertissements des bateliers. Hélas, les ordres impériaux ne souffraient pas de retard, aussi avait-il fait passer l'obéissance à son Empereur avant sa propre sécurité, avant même la raison ou la prudence les plus élémentaires. Il avait été bien difficile de convaincre ces marins d'appareiller. Mais quelques pièces d'argent, le sceau officiel et la persuasion énergique de son sergent avaient accompli ce petit miracle qui les menait à leur perte : ils voguaient – pour combien de temps ? – sur ce fleuve de plus en plus terrible, où la mort se rapprochait d'instant en instant.

Alors qu'il touchait au terme de son mandat à Han-Yuan, non loin de la capitale, le juge Ti avait reçu l'annonce de son affectation à Pou-Yang, ville beaucoup plus excentrée, dont le magistrat était décédé. Le rouleau venu de Pékin insistait sur l'urgence de sa prise de fonction : cela faisait déjà cinq mois que les habitants de Pou-Yang se plaignaient d'être privés de leur fonctionnaire, la justice n'était plus assurée et l'ordre social en pâtissait. Il importait à la gloire de l'Empereur que son serviteur Ti Jen-tsie s'y rendît au plus vite.

Peut-être le juge Ti avait-il eu tort d'interpréter au pied de la lettre ce « au plus vite ». De quelle utilité serait-il au Fils du Ciel, une fois noyé ? Comment un magistrat bleui, à demi mangé par les poissons, pourrait-il accomplir sa mission ? Il ruminait ses remords et vilipendait son empressement fatal, tout en regardant avec appréhension les branches et autres débris charriés par des eaux qui l'engloutiraient sous peu.

Il pleuvait continûment depuis cinq jours. « J'ai bien fait, pensa-t-il, de laisser mes épouses à Han-Yuan. Les routes boueuses auraient rendu leur cheminement pénible, même dans les palanquins. » Le roulis devint plus vif. Il se cramponna au bastingage, songeant que, du moins, sa descendance lui survivrait, puisqu'il n'avait pas commis l'erreur d'entraîner femmes et enfants dans cette entreprise d'une intrépidité suicidaire. Oubliant pour l'instant son confucianisme officiel, censé le porter au pragmatisme, il adressa mentalement une prière à la divinité du fleuve, soucieux de s'excuser de cet orgueil qui l'avait poussé à défier les forces, à présent déchaînées, de la nature.

De gros paquets d'eau grise venaient se fracasser contre la coque, comme si des mains de géants tentaient de la briser. La pluie redoubla de violence. Le sergent Hong se précipita vers son maître, une toile cirée à la main :

– Seigneur Ti ! Vous ne devriez pas rester si près du bord ! Vous êtes trempé ! Je vous supplie de rentrer vous mettre à l'abri !

Hong Liang couvrit la tête de son maître. Ti se laissa pousser vers la petite cabine, très utile pour s'abriter du soleil aux beaux jours, mais totalement impropre à isoler les passagers de l'humidité par temps de mousson.

– Si au moins nous avions pu trouver un bateau décent ! reprit Hong Liang en tentant de ranimer les braises du poêle. Cette barcasse nous mène à notre mort !

La confrontation avec les éléments en furie atténuait le sens des convenances. En dépit du respect dû à son patron vénéré, l'appréhension lui faisait tenir un langage qu'il ne se serait jamais permis en sa présence en temps normal. Mais le juge Ti était à mille lieues de lui en tenir rigueur. Il était occupé à mettre son âme en état de rejoindre l'au-delà auquel ils semblaient tous promis pour bientôt. Il craignait que son sentiment de culpabilité ne rendît difficile la quête de félicité à laquelle chaque sujet de l'Empire du Milieu aspirait pour son sommeil éternel. Il n'était pas sûr de disposer d'assez de temps pour demander pardon aux mânes de tous ceux qu'il avait engagés dans cette traversée irréfléchie.

Le capitaine écarta le rideau de la cabine pour annoncer que le grossissement des eaux ne permettait plus de poursuivre la navigation.

– Nous avions remarqué, figurez-vous ! rétorqua Hong Liang en se demandant si l'estomac de son patron n'allait pas se vider sur ses souliers.

Ils étaient en vue d'une petite ville portuaire où le capitaine demanda respectueusement à son éminent passager l'autorisation d'accoster, bien que la formule fût de pure politesse. Le juge Ti acquiesça du menton sans prendre le risque d'ouvrir la bouche.

Presque une demi-veille[1] fut nécessaire aux délicates manœuvres d'accostage. La jonque s'arrima non sans peine à l'appontement, avec de grands craquements, et le capitaine annonça qu'il se voyait dans l'obligation de réclamer une rallonge pour les frais de réparations. Le juge promit tout ce qu'on voudrait et se dépêcha de poser le pied sur la terre ferme dans l'espoir d'y trouver un soulagement. La tempête rendait hélas cette dernière presque aussi inconfortable que l'avait été le séjour au milieu des vagues. Hong Liang et trois marins se saisirent des bagages, et le groupe se hâta vers l'intérieur de la bourgade, sous une pluie battante. En jetant un coup d'œil derrière lui, le voyageur eut une vision encore plus effrayante que ce qu'il avait pu observer depuis la jonque. La rivière charriait à présent des troncs entiers, lancés comme des projectiles, qui sans doute les auraient envoyés par le fond s'ils étaient restés plus longtemps au large.

– Les dieux sont avec nous, cria-t-il par-dessus le crépitement de l'averse. Sans l'existence providentielle de ce port, nous serions morts à l'heure actuelle.

– On ne peut guère en douter, répondit le sergent Hong. Et si les dieux nous dégotent à présent une bonne auberge, accueillante et bien chauffée, je le croirai tout à fait.

Ils arrivaient justement sous une enseigne à l'effigie d'un héron argenté, follement ballottée par le vent.

– Ils t'ont entendu ! déclara le juge en poussant la porte.

Ils constatèrent cependant que le confort offert par le Héron-Argenté ne justifiait pas qu'on s'étendît beaucoup à remercier les dieux protecteurs. C'était

1. Une veille correspond à deux heures.

une gargote à l'usage des patrons pêcheurs et des voyageurs de commerce. L'odeur de poisson frit menaçait d'étouffer les quelques réfugiés de l'orage massés autour de la cheminée. C'était, quoi qu'il en soit, un havre de tiédeur, sinon de paix, où l'on pouvait se sécher en écoutant craquer les charpentes et sautiller les tuiles du toit.

L'aubergiste accourut pour saluer les nouveaux arrivants et leur proposer ses services : un bol de soupe, du thé bouillant et une chambre dans l'arrière-cour.

– Au premier étage, spécifia Hong Liang, qui craignait les infiltrations.

– Toutes nos chambres sont à l'étage, honorable voyageur, répondit l'aubergiste avec un sourire obséquieux. Nous avons dû fermer les appartements du rez-de-chaussée, à cause de la boue. Nous parvenons tout juste à préserver cette salle, grâce aux sacs de sable. Si les pluies se poursuivaient, nous devrions envisager d'avoir à subir les désagréments d'une crue, ce qui serait déplaisant aussi bien pour nous que pour nos honorables visiteurs.

Le juge Ti soupira en se frottant les mains pour se réchauffer. L'eau était décidément la malédiction de ce voyage. L'aubergiste toussota. Il avait flairé le haut personnage et n'osait pas poser directement la question qui le taraudait :

– Puis-je demander à leurs seigneuries si notre bonne ville de Tch'ouan-Go constitue le but de leur pérégrination ?

Le juge Ti songea que les insignes de sa fonction étaient restés au fond des coffres. Rien ne l'obligeait donc à révéler son statut de magistrat impérial, et le piteux état où il se voyait ne l'y portait pas. Mieux valait se limiter à un incognito qui lui éviterait des commentaires plus ou moins gracieux sur la nécessité de faire construire des digues, l'incurie du gouvernement ou le difficile apostolat des fonctionnaires en mission. La paix était, dans son malheur, la chose qu'il désirait le plus.

– Je suis quatrième archiviste, attaché au tribunal de Pou-Yang, où je me rends actuellement. Cet homme est mon valet.

– J'espère que vos chambres sont propres et que les rats n'y ont pas trouvé refuge, ajouta le « valet » Hong Liang.

– S'il y en a, nous les chasserons, répondit l'aubergiste d'un air pincé.

Puis il leur tourna le dos et s'en fut commander les soupes et le thé brûlant.

Un peu plus tard, en allant prendre possession de leur logement, ils aperçurent au fond de la cour une grosse charrette bâchée d'où dépassaient des perches, des lampions et des éléments de décors.

– Nous avons en ce moment une troupe de comédiens qui nous ont priés de bien vouloir garder leurs effets quelque temps, expliqua leur hôte d'une voix pleine de sous-entendus.

En langage d'aubergiste, cela voulait dire que les acteurs n'avaient pu acquitter leur note à cause des pluies, car les spectacles avaient en général lieu à ciel ouvert. Sans doute le brave homme avait-il retenu leur matériel en attendant qu'ils décrochent l'autorisation de représenter un mystère sacré dans l'un ou l'autre des temples de la ville et se trouvent en mesure de le payer. C'était dans ces moments-là que le juge Ti se félicitait d'occuper dans l'administration une place en vue qui, si elle le poussait parfois sur les routes de manière fâcheuse, tout comme les comédiens, le plaçait au moins à l'abri des fins de mois difficiles.

– J'espère que le bruit de leurs répétitions ne dérangera pas mon maître, s'inquiéta Hong Liang.

– Que vos seigneuries se rassurent, répondit l'aubergiste. Ces talentueux artistes sont pour lors occupés à négocier les conditions de leur prochaine exhibition devant un public choisi.

En traduction, ils étaient en train de tirer le cordon de toutes les institutions de la ville pour quémander la faveur de se produire dans le premier grenier qu'on voudrait bien leur ouvrir. Par cette pluie pénétrante, ce ne devait pas être une partie de plaisir. Le juge Ti se sentit subitement moins malheureux.

L'aubergiste leur montra ce qu'il nommait sa « plus belle chambre, la suite nuptiale », c'est-à-dire deux pièces chichement meublées, que le petit archiviste de quatrième rang était prié de trouver à son goût. Hong Liang déposa leurs affaires dans la plus étroite, tandis que le juge Ti allait jauger d'un œil circonspect l'état de la literie. L'expiation de sa témérité continuait.

Après s'être quelque peu reposés de leurs déboires, ils décidèrent de descendre dîner à la table commune pour se distraire par la conversation.

Leurs commensaux ne constituaient pas une clientèle plus choisie que le public devant lequel espéraient jouer les comédiens. Il y avait là deux ou trois employés de commerce habitués à prendre leur mal en patience, et autant de pêcheurs de moyenne envergure, moins résignés et, partant, plus démonstratifs dans leur animosité envers les caprices du ciel.

– S'il n'y avait que la pluie ! dit l'un. Mais avec la montée des eaux nous est venue cette épidémie de fièvre qui nous emportera si le flot ne le fait pas ! Notre contrée est oubliée des dieux !

– Voilà dix personnes que l'on enterre au village des Trois Sources, à cinq lieues d'ici. Si cela continue...

Le juge Ti fut pris d'une quinte de toux. On lui jeta des regards obliques. Hong Liang se hâta de lui verser une tasse de thé au miel.

– Que voulez-vous ! dit l'un. Nous sommes tous logés à la même enseigne. Il faut s'en remettre à la providence.

Un autre haussa les épaules :

– À la même enseigne ? Vous voulez rire ! Les richards s'en tirent toujours. Prenez la famille Tchou, de loin la plus fortunée de la région. Dès l'annonce de l'épidémie, ils se sont retirés dans leur résidence d'été, à l'écart de la ville, derrière les murs de leur bastion. La maladie sera bien retorse si elle parvient à les y dénicher ! Quand nous serons tous morts, ils auront encore le teint frais et le ventre gras ! Ces épidémies ne sont pas pour les riches, elles contournent soigneusement les palais !

Le juge Ti tendit l'oreille : il y avait donc dans les parages un lieu véritablement confortable où attendre la fin de la crue, si cette dernière venait à se prolonger ?

– Ces Tchou sont-ils si bien logés ? demanda-t-il d'un air détaché.

– Oh que oui ! reprit son interlocuteur. Ils ont un superbe château, au milieu d'un domaine harmonieux, ceint d'un long mur et gardé comme une forteresse. Le parc est si grand qu'il englobe totalement le lac sur lequel est bâtie la maison.

– Une demeure lacustre ? s'étonna le juge Ti. Dans ce cas, ne risquent-ils pas d'être inondés les premiers ?

Les patrons pêcheurs éclatèrent de rire à l'unisson.

– On voit bien que vous ne connaissez pas le pays, répondit l'un d'eux. Le lac Tchou-An ne déborde jamais. Il est protégé par la déesse qui l'habite. La dame du lac a passé depuis longtemps un accord avec ses hôtes, qui l'honorent avec ferveur. La campagne peut bien crouler sous les catastrophes, le domaine reste quoi qu'il arrive un refuge de calme et d'harmonie que rien ne vient troubler. C'est une terre bénie. En des périodes comme celle-ci, chaque habitant de Tch'ouan-Go se battrait pour y vivre ne serait-ce qu'en esclave.

– Il y a dix ans, reprit un autre, lorsque des mercenaires ont ravagé la contrée, le domaine a été épargné. Et l'on raconte qu'il y a cinquante ans, lors de ce tremblement de terre épouvantable, seul le château du lac Tchou-An a tenu bon, indemne de la moindre fissure ! C'est le lieu où il faut être quand un malheur pointe le bout de son nez. Ces Tchou n'ont jamais eu de mal à marier leurs enfants, et cela ne tient pas seulement à leur immense fortune.

– D'où leur vient cet argent ? demanda le juge Ti, de plus en plus intéressé. S'agit-il de hauts fonctionnaires impériaux, ou de maîtres de guerre ?

L'un des commerçants ricana :

– Les gens comme eux n'ont besoin de rien de tel pour que l'argent naisse sous leurs pas. Ils possèdent aujourd'hui la moitié des terres du coin. Leurs propriétés ne s'arrêtent pas au mur de leur parc. Elles s'étendent sur toutes les vallées que l'on peut contempler depuis le mont Yi-peng. En voilà qui peuvent bien se dispenser de courir les routes pour gagner leur pain quotidien !

– Ou de sortir leur barque par n'importe quel temps,

gémit l'un des patrons de pêche. Encore que, selon la rumeur, l'origine de leur famille ne soit pas si brillante que leur opulence pourrait le laisser croire. On raconte qu'ils descendent d'un humble pêcheur, le plus pauvre de notre ville. Il se serait enrichi du jour au lendemain, avec une rapidité qui exclut les moyens honnêtes.

– Pas du tout ! le coupa un autre. Ne connais-tu pas leur histoire ? Un jour, jetant ses filets sur le lac Tchou-An, le pêcheur prit dans ses rets la dame du lac, une femme superbe, si on glisse sur le fait qu'elle portait une queue de poisson là où les autres ont une paire de jambes. La déesse supplia Tchou de la rejeter dans son cher marécage et de l'y laisser en paix. Tchou fut ému par ses larmes, d'autant qu'elle pleurait des perles grises comme on en voit rarement. Il la rendit aux vagues et, pour le récompenser, elle lui offrit sa protection, pour lui et pour les siens, aussi longtemps qu'ils habiteraient là. Avec l'argent des perles, le pauvre pêcheur acheta le domaine, fit édifier une demeure somptueuse et une pagode brillamment décorée. De génération en génération, ses descendants ne cessèrent d'honorer celle à qui ils devaient leur prospérité. Et ils continuent d'interdire formellement à quiconque de pêcher dans ces eaux, au détriment des honnêtes gens que nous sommes tous !

Ses camarades soupirèrent en noyant leurs regrets dans l'alcool de riz. Le juge Ti songea avec un sourire que c'était là le charme des campagnes : ce genre de légende courait sur toutes les familles un peu anciennes implantées dans les petites bourgades. Pour peu qu'ils aient réussi à amasser un capital, on prêtait aux seigneurs locaux des accointances avec les divinités de la nature, quand ce n'était pas avec les démons. Les paysans aimaient à expliquer de cette manière pour quelle raison ils restaient, eux, dans la pauvreté ou le dénuement : ils n'avaient pas eu la chance de rencontrer une fée ou n'avaient pas conclu de pacte avec des sorcières, selon qu'ils envisageaient d'un œil plus ou moins favorable l'opulence de leurs voisins. En réalité, le lac devait être protégé des fléaux naturels par sa situation géographique, ce qui suffisait à expliquer que la plus riche famille du lieu l'ait choisi pour résidence. Nul besoin de convoquer le ciel, le fleuve et leur aréopage de chimères à queue de poisson.

– Toute médaille a son revers, reprit l'un des pêcheurs. Vous oubliez la fin de la légende. Il est dit que le jour où l'alliance des Tchou et de la déesse sera rompue, celle-ci reprendra ses bienfaits et mettra fin à leur ère de prospérité.

« La vengeance céleste, maintenant ! », songea le juge Ti avec consternation. Il lui était toujours pénible de constater que le confucianisme à l'honneur chez les lettrés ne dépassait guère les frontières des administrations et des cénacles érudits. Le petit peuple s'obstinait à s'embourber dans un obscurantisme lamentable, mêlant allègrement folklore local, imagination débridée et prédictions farfelues, fondées sur une analyse erronée des vérités universelles. Il n'était tout de même pas nécessaire d'avoir fait dix ans d'études classiques pour savoir que le monde était gouverné par des forces immuables, intemporelles, et non par des demi-poissons en quête d'affection et de courbettes ! « Quand comprendront-ils que la réussite n'est fondée que sur les vertus et le travail ? », se demanda le juge qui, pour sa part, était issu d'un père préfet et d'un grand-père ministre.

Le sergent Hong, qui connaissait son patron depuis

l'enfance, avait remarqué l'intérêt discret que ce dernier portait à ce domaine.

– Ces Tchou sont certainement très considérés dans le pays ? interrogea-t-il pour relancer la conversation sur ce sujet.

– Oh, dit le représentant d'une firme de porcelaines, s'ils l'étaient moitié autant que leur orgueil est grand, on leur élèverait des statues ! La famille du lac est très imbue de sa richesse et de son rang, en dépit des rumeurs qui circulent sur son origine. Ils sont les premiers à laisser courir ces histoires de mariage avec la déesse-poisson, qui aurait apporté en dot d'immenses richesses. D'ailleurs, personne ne sait plus s'ils ont pris le nom du lac ou si c'est le contraire.

– Du moins font-ils des dons réguliers aux communautés religieuses, je suppose ?

– Sans doute remplissent-ils leurs devoirs, dit un pêcheur. Mais ils ne nous fréquentent guère, nous, les petits. Ils préfèrent les rives de leur champ de lotus et l'atmosphère délicate de leur palais doré. On ne les voit en ville que la moitié de l'année. Encore courent-ils se retrancher derrière leurs murs à la moindre alerte. Il en faut moins qu'une épidémie pour qu'ils disparaissent tout à fait pendant des mois !

Le juge Ti estima qu'il avait assez entendu de ragots comme cela. Il se leva pour prendre congé.

– Je suis fatigué, dit-il. Un long trajet m'attend demain pour me rendre à Pou-Yang. Mon serviteur et moi devons reprendre des forces.

Les habitués de l'auberge hochèrent la tête d'un air entendu.

– Ménager vos forces est une bonne idée, répondit un représentant en soieries. Quant à reprendre la route demain, n'y comptez guère. La rivière ne se calmera pas avant plusieurs jours, et les routes sont impraticables. Je crains que le magistrat de Pou-Yang ne doive se passer de son quatrième archiviste durant quelques jours. Je lui souhaite de prendre son mal en patience.

« Je le lui souhaite aussi », pensa le juge Ti en s'inclinant avant de quitter la salle, Hong Liang sur ses talons.

– Seigneur ! dit ce dernier quand ils furent seuls. Votre Excellence porte-t-elle foi dans le discours de ces individus ? Croyez-vous que nous soyons condamnés à survivre plusieurs jours dans ce bouge dégoûtant ?

Le juge Ti resta un instant silencieux, puis répondit avec placidité :

– Je ne crois rien de tel, Hong Liang. La providence pourvoit toujours à la sûreté du sage et de l'homme de bien. D'ailleurs cette pluie a l'air de s'atténuer un peu.

Le sergent loua cette tranquillité d'esprit que seules pouvaient apporter de longues études littéraires. Il se hâta de disposer des récipients sous les fuites du toit, tandis que son patron, à demi déshabillé, se jurait bien de ne passer en aucun cas plus d'une nuit sur la natte moisie de ce grabat nuptial.

II

L'auberge reçoit un visiteur inattendu ; des vêtements de soie témoignent.

Le lendemain, en dépit de toute la philosophie déployée par le juge Ti, il pleuvait toujours autant.

– La rivière sera déchaînée, aujourd'hui, prophétisa-t-il, debout à la fenêtre, devant le rideau gris perle qui obscurcissait le ciel.

Le sergent Hong avait l'air plus navré que lui s'il était possible.

– À moins qu'une main invisible n'ait détourné les eaux vers je ne sais quel gouffre, répondit-il avec une pointe d'ironie sinistre.

Ils s'habillèrent et descendirent à la salle commune pour se restaurer. Au moins leur restait-il le réconfort d'un thé bien fort et d'une galette de soja aux crevettes grillées.

– Hélas, mes bons amis ! dit l'aubergiste en les accueillant, les bras au ciel, avec de vrais regrets dans la voix. C'est une catastrophe ! Nos cuisines sont noyées ! Nous ne pourrons rien fournir à nos chers hôtes avant d'avoir tout réinstallé ailleurs !

Il y en avait pour plusieurs heures. Le matériel était

trempé, le bois aqueux, le four éteint, et la vaisselle flottait doucement en procession entre les tables.

– Eh bien, répondit le juge Ti, nous nous passerons de petit déjeuner. Prévenez-nous quand la situation sera rétablie.

– C'est un cataclysme, répéta l'aubergiste en retournant encourager ses gens à dresser des fourneaux de fortune dans les étages. Avoir l'établissement presque plein et ne pouvoir satisfaire les mille petits désirs d'une clientèle aux poches pleines ! Ma maison est maudite !

Il s'efforça de rallumer la lanterne devant les effigies des esprits protecteurs de son commerce, qui erraient bizarrement sur l'étagère de bois où on les avait remisées, comme des naufragés sur un radeau en perdition.

Le juge Ti s'installa dans sa chambre aussi confortablement qu'il le pouvait, et tâcha d'oublier les réclamations de son estomac par la lecture de quelques rouleaux de bonne littérature qui ne le quittaient jamais, quelle que fût la dureté des épreuves qu'il avait à subir. La moindre n'était pas d'entendre les gargouillis venus du grabat où le sergent Hong cherchait un sommeil improbable.

L'heure du déjeuner apporta une bonne et une mauvaise nouvelle. La bonne, ce fut la délicieuse odeur de légumes et de riz qui vint chatouiller leurs narines comme ils étaient sur le point de se résoudre à tuer un rat pour le faire rôtir sur une lampe à huile. La mauvaise, ce fut de constater que l'aubergiste n'avait rien trouvé de mieux que de répartir ses cuisines de secours sur tous les paliers de la maison, y compris le leur, ce qui signifiait que l'odeur de friture de plus en plus envahissante n'allait pas les lâcher de sitôt.

Après s'être fait servir quelques parts de la nourriture disponible, ils contemplèrent la pluie, repus à défaut d'être optimistes. Au bout d'un moment, le juge Ti laissa le sergent Hong ronfler sur sa couche et sortit sur le palier demander une théière pleine. Il n'y avait personne. Il se saisit d'une toile cirée et descendit au rez-de-chaussée. Les évacuations de la cour étaient saturées : le niveau de l'eau montait, à n'en pas douter. Un détail frappa son esprit exercé à remarquer des événements insignifiants : la charrette des comédiens avait disparu. « Fort bien, pensa-t-il. Ils ont dû trouver un engagement. Avec l'inondation qui menace, les gens se seront cotisés pour faire donner quelques danses en l'honneur du Bouddha, ou quelque représentation sacrée qui leur change les idées. Avec un peu de chance et quelques bâtons d'encens, nous serons bientôt tirés d'affaire. »

Dans la salle commune, le spectacle était plus pitoyable que jamais. Les rats ne quittaient pas le navire : ils l'envahissaient. Les employés de l'auberge pataugeaient dans l'eau. Ils donnaient de grands coups de battoirs pour tenter d'assommer les animaux, qui leur échappaient presque toujours grâce à une nage frénétique. Les murs résonnaient d'assourdissants « floc, floc ! » et de jurons poussés par des domestiques furieux chaque fois qu'ils manquaient leur cible. Ti Jen-tsie jugea le combat perdu d'avance. Autant faire une offrande à la pagode du dieu-rat pour obtenir le retrait de ses troupes.

– Peut-on avoir une tasse de thé ? demanda-t-il à travers le tumulte, dans l'indifférence générale.

On ne prit garde à sa présence qu'un bon quart d'heure plus tard, après qu'un valet eut brandi triomphalement par la queue le plus faible de leurs assaillants, dont les frères avaient fini par se replier pour mieux revenir. Un calme relatif régna de nouveau sur la pièce. C'est alors qu'on entendit quelqu'un, ou quelque chose, qui frappait à la porte des coups assourdis.

– Va donc ouvrir ! cria l'aubergiste à l'une des servantes, en se demandant pourquoi le ciel lui envoyait cette affluence au moment où il était si peu en mesure d'y répondre dans les règles de l'art.

La femme dégagea avec peine le battant et poussa un cri perçant. Chacun se figea. Les regards se tournèrent vers l'entrée. On s'attendait à voir surgir du néant quelque créature grimaçante, venue quémander un abri contre des éléments devenus odieux aux démons eux-mêmes. Le juge Ti ne vit rien tout d'abord, puis il discerna une espèce de planche grisâtre qui pénétrait lentement dans la salle inondée, avec une légère ondulation due aux remous. Quand la planche fut plus près, il vit qu'elle avait, à une extrémité, ce qui ressemblait fort à des cheveux, et à l'autre une indubitable paire de pieds dont l'un portait encore son soulier. Le corps vint se heurter à la table sur laquelle était juché le juge. De grands yeux glauques et vitreux se posèrent sur lui avec une fixité de poisson crevé. La servante émettait à présent de petits cris horrifiés, bientôt relayés par les lamentations et les prières des autres domestiques.

– Puissant Bouddha, garde-nous de recevoir des défunts pour clientèle ! s'écria l'aubergiste. Quel affreux présage ! Vite, faisons brûler de l'encens !

– C'est la peste ! C'est la peste ! répéta un valet en s'enfuyant.

– Je ne crois pas, répondit le juge Ti.

Il avait remarqué sur le front du cadavre une longue estafilade qui faisait plutôt penser à une chute suivie d'une noyade.

– Appelez un médecin, ordonna-t-il, retrouvant par réflexe toute son autorité de magistrat. Il constatera le décès et nous en dira la cause. Faites vite !

L'aubergiste dépêcha l'un de ses valets, non sans juger que les petits archivistes de quatrième classe étaient capables de faire preuve d'aplomb, voire d'arrogance, dans un village qui n'était même pas le leur. Le juge Ti pria les deux valets les moins effarés de déposer la dépouille au sec sur une table.

– Quelqu'un connaît-il cet homme ? demanda-t-il.

Certains firent signe que non, mais la plupart étaient trop effrayés pour regarder attentivement. Le chignon de l'inconnu s'était défait. Le juge repoussa à l'aide d'un torchon les longs cheveux collés sur sa figure. Il surmonta son dégoût pour tenter d'imaginer à quoi le mort avait pu ressembler avant d'être boursouflé et blanchi par son séjour dans l'eau. Il reconnut alors l'un des convives avec lesquels il avait devisé la veille.

– C'est monsieur Li Pei ! s'exclama une servante. Le représentant en soieries ! Dire qu'il était assis dans cette même salle il n'y a pas la moitié d'un jour ! Lui qui aimait tant mes crevettes grillées !

– Quel malheur ! s'écria l'aubergiste en songeant que son hôte avait remis au lendemain de régler sa petite note. Quelle perte irréparable !

Le médecin, un homme âgé, fort bien vêtu, doté d'une longue barbe grise divisée en deux avec un soin apprêté, accosta l'auberge à bord d'une minuscule barque à fond plat qui devait lui servir à pêcher la carpe dorée durant ses jours de repos. Il vint patauger dans la salle commune, visiblement contrarié qu'on eût trouvé bon de le déranger pour si peu. L'examen du corps ne l'occupa guère plus de trois minutes.

– Eh bien, il est mort, et pour la cause, c'est la noyade, conclut-il en faisant mine de se retirer. Il y en a des tas comme celui-ci, depuis quelque temps.

– Et cette blessure au front ? demanda le juge Ti.

Le médecin jeta un regard agacé au pseudo-archiviste de quatrième rang en se demandant pourquoi on l'ennuyait avec des morts lorsque tant de vivants en sursis d'épidémie imploraient ses précieux services. Il daigna néanmoins se pencher une seconde fois sur l'objet qui excitait la curiosité malsaine de l'étranger, et déclara :

– Il se sera blessé en tombant à l'eau. Ou bien un tronc d'arbre dérivant l'aura heurté. Il n'y a rien de mystérieux là-dedans. Au revoir.

Il s'éclipsa, et tous les archivistes du monde n'auraient pu le retenir une minute de plus loin de malades qui, eux, savaient récompenser les peines qu'il prenait pour les visiter dans sa barque à fond plat, par suite d'un indécrottable amour de l'humanité et des traites de sa maison de campagne.

« Ce médecin est peut-être apte à soigner les vivants, mais avec les morts il est nul », songea le juge Ti. L'aubergiste était trop occupé à chercher ce qu'il allait bien pouvoir faire de ce visiteur indésirable pour se demander quelle raison poussait le petit archiviste à s'intéresser de si près au cadavre. Avec horreur, il le vit écarter les vêtements du noyé, relever ses manches, ouvrir sa tunique et retrousser son pantalon à la recherche d'on ne savait quoi.

– L'honorable défunt me doit trois nuits et les repas correspondants, calcula l'hôtelier en prévoyant que l'archiviste pervers allait bien tomber sur une bourse ou des ligatures de sapèques. Le reste servira pour l'inhumation, ajouta-t-il en pensant qu'il y en aurait toujours assez pour le flanquer dans le premier trou venu après qu'il se serait servi.

Bien que pratiquée dans des conditions précaires, l'auscultation à laquelle se livra le juge lui permit de découvrir d'autres marques suspectes, notamment à l'arrière de la tête et dans le dos. Par ailleurs, le marchand portait sous son manteau une tunique de belle soie claire, tachée à la hauteur des plaies. Or, si le corps avait été endommagé pendant son séjour dans l'eau, cette dernière aurait immédiatement dilué les saignements, qui n'auraient guère maculé la soie...

Un autre détail intriguait le juge. Si le mort s'était noyé, ses poumons se seraient remplis d'eau et son corps n'aurait pas flotté sitôt après le décès.

– Aidez-moi à le relever, ordonna-t-il. Prenez-le par les pieds.

L'aubergiste s'y livra de bonne grâce, croyant que son hôte désirait le secouer pour faire tomber d'éventuelles pièces de monnaie perdues dans les replis des vêtements. L'idée du juge était tout autre. Une fois le cadavre dressé à l'envers, il constata que nulle eau ne sortait de la bouche. L'homme était donc mort avant de tomber dans les flots, ses poumons n'avaient rien aspiré. Le juge Ti avait accumulé suffisamment d'expérience, en assistant aux examens des contrôleurs des décès, pour ne pas confondre un vulgaire accident avec un homicide volontaire. L'absence de symptômes de noyade, les plaies reçues par le marchand de son vivant excluaient l'hypothèse d'un malencontreux malaise ou d'une glissade : c'était un meurtre. « Sympathique petite cité, finalement », se dit-il.

– Nous n'arrivons à rien ! protesta l'aubergiste en continuant de secouer le corps renversé. Je vous remercie de vos efforts, mais nous faisons chou blanc.

– Je ne le crois pas, répondit le magistrat d'un air pensif.

L'aubergiste le soupçonna d'avoir mis la main sur quelque argent sans se faire remarquer. Il donna des ordres pour que l'on remisât feu son client à l'abri des rats, et s'apprêta à monter dans la chambre du défunt faire l'inventaire des biens qu'elle contenait.

– Je vous accompagne, annonça le juge sur un ton sans réplique. Je vous servirai de témoin.

L'aubergiste se demanda qui allait servir de témoin à qui, et monta l'escalier en bougonnant sur ses malheurs. Une fois en haut, celui qui ressemblait de moins en moins à un simple archiviste jeta un coup d'œil circulaire à la pièce, aussi chichement meublée que celle qu'il occupait, tandis que son hôte se jetait sur les sacs abandonnés près du lit. Il les délaissa bientôt avec déception pour s'intéresser aux lots de soie proprement enveloppés, dont le représentant se servait pour vanter les productions de sa firme. C'était vraiment des articles de belle qualité. Le juge remarqua un échantillon d'un superbe tissu de couleur crème, brodé de gros camélias roses, d'un goût parfait pour une dame d'âge mûr de la bonne société.

– Jolis spécimens, dit-il en songeant que l'une de ses épouses n'aurait pas rougi de porter pareille étoffe, même dans la capitale.

L'aubergiste devait être arrivé aux mêmes conclusions, car il se hâta de remballer ce modèle et cala le paquet sous son aisselle. Mis à part les échantillons, les bagages du représentant ne réservaient pas grand-chose à la sagacité de l'enquêteur. Il avait dû emporter avec lui sa plaquette de rendez-vous, qui sans doute s'était perdue au cours de son dernier bain.

Le juge laissa l'aubergiste à sa convoitise et retourna

dans ses appartements. Le sergent Hong, réveillé, s'efforçait de ranimer le poêle afin de chasser l'humidité envahissante. Son patron lui résuma la curieuse affaire du mort flottant à laquelle il venait d'être confronté. Hong Liang ne croyait pas au hasard :

– Il est étrange, dit-il, que ce marchand soit venu cogner précisément à l'auberge où il avait passé la nuit. Soit cet homme est mort tout près d'ici, soit le flot a pris soin de le raccompagner... ou de vous l'amener, comme si l'eau avait désiré vous faire signe. Peut-être aussi l'esprit du mort a-t-il voulu s'adresser à vous pour obtenir vengeance ? Le cas s'est déjà produit, cela n'aurait rien d'étonnant. Votre Excellence gagnerait peut-être à aller consulter les oracles au temple le plus proche. Sans doute ne sont-ils pas tous inondés.

Le juge Ti songea qu'un témoin du meurtre n'aurait pas fait autrement s'il avait souhaité voir s'ouvrir une enquête sans oser déposer. Quelqu'un avait-il conduit le corps jusqu'à lui ? Cette hypothèse ne tenait pas : il était là *incognito*. Ou bien était-ce la rivière elle-même qui avait tenu à se disculper d'un décès qu'on voulait lui faire endosser ? Son séjour dans ces lieux était décidément placé sous le signe de l'eau et des coïncidences. Il avait l'impression de plus en plus nette que des déités inconnues cherchaient à influer sur son destin depuis qu'il avait risqué sa vie sur cette jonque fatale.

L'inspection du « noyé » lui avait retourné l'estomac. Il renonça à avaler quoi que ce fût et s'allongea pour méditer sur les faits récents. Au bout d'une heure, il ouvrit un œil et constata que le sommeil ou l'ennui qui l'avait saisi était contagieux : Hong Liang ronflait à nouveau à l'autre bout de la pièce, allongé ventre en l'air sur sa natte de jonc. Une petite chose marron s'agitait près de son menton. « Une souris ! se dit le juge. Pourvu qu'il ne se réveille pas ! »

Soit le sergent Hong perçut sa pensée, soit l'animal le chatouilla de son pelage : le sergent ouvrit soudain les yeux tout grands, poussa un hurlement et se dressa sur ses pieds en frottant son visage de ses mains. Puis il chercha à faire payer l'outrage au petit rongeur, qui s'enfuit par une fissure de la porte. Le sergent courut après lui, armé d'une canne. Il ouvrit le battant... et se trouva nez à nez avec une armée de rats qui grimpait les escaliers à l'assaut des combles. Les eaux avaient encore monté, c'était un sauve-qui-peut général. Hommes et rongeurs devraient désormais se disputer les espaces émergés, et il n'était pas sûr que les premiers obtiendraient la meilleure part.

– Cet établissement est de plus en plus chic, dit le juge Ti sans s'émouvoir outre mesure. Je crois qu'il est temps de nous replier en des lieux moins peuplés.

Il sortit de son écritoire un rouleau de parchemin et rédigea une lettre très aimable, par laquelle il priait les châtelains du lac Tchou-An de vouloir bien recevoir deux voyageurs en détresse qui sollicitaient leur hospitalité. Il signa de son nom et confia la missive au sergent pour qu'il la fasse porter, au prix d'une honnête gratification, par l'un ou l'autre des domestiques.

Plus d'une heure s'était écoulée lorsque l'homme vint frapper à la porte il rendit sa lettre au juge en lui répétant d'un air désolé la réponse des châtelains : à leur grand regret, il leur était impossible d'accueillir aucun visiteur dans le désordre où se trouvait leur humble maison par suite des intempéries, ils souhaitaient à l'archiviste meilleure chance dans la poursuite de son voyage.

« Hum », fit le juge Ti d'un air pensif. En recevant sa requête, les Tchou avaient dû s'enquérir auprès du commissionnaire de la condition du solliciteur. Le mot « archiviste » n'avait pas dû peser bien lourd dans la balance face à leur petit confort ou à leur répugnance à faire entrer chez eux des étrangers en période d'épidémie. Leur bonne conscience avait besoin d'un surcroît de motivation pour lui ouvrir leur porte ; il allait s'employer à la leur fournir. Il reprit son écritoire, fit fondre la cire à cacheter, dont il laissa tomber quelques gouttes au bas du même document, et y apposa cette fois son sceau officiel, garant de ses hautes fonctions, dont la seule vue irritait les nantis et inquiétait les misérables. Devant la mention de son nom, il ajouta le caractère indiquant sa dignité de magistrat impérial. Il rendit la lettre au commissionnaire avec une nouvelle pièce, et le renvoya au domaine du lac en lui assurant qu'il n'aurait pas à craindre un nouveau refus. Puis il demanda au sergent Hong de sortir ses oripeaux officiels. S'étant changé, il posa sur sa tête son bonnet noir de haut fonctionnaire et rangea ses affaires.

La réponse mit beaucoup moins de temps, cette fois, pour leur parvenir. Le juge Ti et son serviteur venaient à peine de boucler leurs bagages quand on frappa deux petits coups à la porte de la chambre. Un homme assez grand, voûté, la mine embarrassée, se tenait sur le palier. Il s'inclina profondément à la vue du magistrat.

– Que Votre Excellence veuille bien pardonner le malentendu qui a stupidement égaré mon maître. Je suis le majordome de M. Tchou, qui se dit extrêmement honoré de la faveur que souhaite lui faire Votre Excellence en s'abritant dans sa modeste demeure le temps qu'il plaira à Votre Excellence.

« Voilà une réaction typique de ces gros bourgeois bouffis d'orgueil, se dit le juge : se montrer aussi excessifs dans la flatterie envers les puissants qu'ils sont grossiers dans leur mépris vis-à-vis des petites gens. Une attitude de parvenus, de hobereaux provinciaux, raffinés dans leur extérieur, vulgaires à l'intérieur. Le séjour ne va pas manquer de piquant. »

– Votre maître n'est en rien responsable de ce malentendu, répondit avec affabilité le juge Ti. J'accepte volontiers son invitation si opportune.

– Nous partirons dès qu'il siéra à Votre Excellence, dit le majordome en se pliant une nouvelle fois en deux. J'ai là-dehors une barque solide et sûre qui nous conduira à destination sans risque d'accident.

Le juge Ti descendit l'escalier avec dignité, les mains enfouies dans les manches très amples de son bel habit. Derrière lui venait Hong Liang, muni de l'écritoire et de sa bourse, tandis que le majordome et deux valets suivaient avec les coffres de voyage en cuir contenant vêtements et rouleaux. L'aubergiste resta bouche bée en voyant ce cortège pénétrer dans son réfectoire désastré. Il ouvrit des yeux ronds à la vue du magistrat, revêtu de l'habit vert et du chapeau de velours noir conformes à l'étiquette. Il n'avait pas reçu depuis des années de personnage si haut placé. Inondation, épidémie, rats, et maintenant un juge déguisé en archiviste ! Il glissa du tabouret sur lequel il s'était réfugié et chut dans l'eau avec grand bruit et maintes éclaboussures. Le juge fit signe au sergent de lui régler son dû et le curieux cortège quitta la gargote inondée pour prendre place sur la barque envoyée du château.

C'était une élégante embarcation peinte en rouge, ornée de sculptures représentant dragons et animaux aquatiques, dont les bancs étaient recouverts de coussins brodés. Une figure de proue en forme de femme-poisson plaçait sa navigation sous l'égide de la déesse lacustre. Le petit bateau devait d'ordinaire servir à promener sur l'étang les dames du domaine, abritées sous des ombrelles aux couleurs pastel. Une fois que le juge et son sergent se furent assis, le majordome s'arma d'une perche pour progresser à travers les rues de la bourgade accablée par les eaux. De tous côtés, des hommes aux jambes nues transbahutaient meubles et ustensiles pour les entreposer au sec. Le flot emportait son lot de menus objets et d'animaux noyés. C'était une vision de catastrophe, de fin du monde, à laquelle les caprices des rivières avaient hélas habitué maints sujets de l'Empire du Milieu. Ici ou là, des travaux titanesques, ordonnés par les empereurs dans leur infinie sagesse, avaient permis de maîtriser les fleuves. Mais le plus souvent il fallait composer avec leur cours irrégulier et leurs imprévisibles sautes d'humeur.

– Ce majordome n'est guère économe de ses efforts, murmura le sergent Hong à l'oreille de son maître. Voilà deux fois que nous passons par cette rue. Notre rencontre lui aura brouillé la mémoire. Il nous assène une visite complète de la cité !

Le juge Ti émergea de ses pensées pour constater qu'ils mettaient en effet plus de temps qu'il n'aurait cru à sortir de la ville.

– Un problème ? demanda-t-il à leur batelier d'occasion.

– Aucunement, Noble Juge, répondit le majordome de son ton obséquieux. Nous serons bientôt rendus, n'ayez nulle crainte.

Mais il semblait faire au contraire tous les détours imaginables pour prolonger leur trajet. Les passagers ne pouvaient s'empêcher de voir qu'il existait des chemins plus courts qu'ils n'empruntaient pas.

– Il n'est guère pressé de retrouver le bercail, commenta le sergent Hong en soufflant sur ses doigts engourdis. C'est qu'il prend de l'exercice, lui ! Je me demande si je ne vais pas réclamer de pousser moi-même : au moins, cela me réchaufferait !

Mais, comme le sergent Hong ignorait tout à fait la direction à prendre, ils durent s'en remettre aux méandres imposés par le majordome pour rallier le havre promis. Ce n'est qu'au bout d'une bonne heure qu'ils se présentèrent à un petit pavillon dont une fenêtre s'ouvrait dans ce qui ressemblait à un long mur d'enceinte.

« C'est curieux, songea le juge Ti. Si j'additionne le temps qu'a dû mettre le commissionnaire pour porter ma lettre la seconde fois, et celui dont disposait cet homme pour venir nous chercher à l'auberge, il a mis infiniment trop de temps pour nous mener ici. Qu'est-ce que cela peut bien signifier ? Serait-il fatigué au point de ne plus connaître le chemin de son propre logis ? »

Il en était là de ses réflexions quand deux serviteurs vinrent les aider à quitter leur barque : le domaine courait sur une éminence, on y marchait à pied sec.

– C'est la meilleure nouvelle de la journée, nota le sergent Hong en s'ébrouant pour se réchauffer.

Un palanquin les attendait pour les conduire au château par une allée courant à travers le parc.

III

Le juge Ti trouve refuge dans des lieux plus accueillants ; il fait la connaissance d'une curieuse famille.

Au bout de l'allée, ils découvrirent le château, bâti sur une île dont il occupait un bon tiers. Tout autour s'étendait un petit lac partiellement recouvert de lotus roses et blancs. La pluie et le jour déclinant par-delà les nuages ne permirent guère de vérifier si la magnificence de l'endroit était à la hauteur de la description dont on les avait gratifiés. Les nouveaux venus aperçurent de loin la multiplicité des lampions accrochés sur le perron et tout le long de la promenade couverte qui bordait la façade. C'était, pour autant qu'ils pouvaient en juger, une vaste demeure de plain-pied, légèrement surélevée, à laquelle on accédait, après un harmonieux pont arqué, par une volée de marches entre deux statues de chimères à la patte levée en promesse de prospérité.

Sans doute avait-on guetté leur arrivée, car, lorsqu'ils furent assez près, ils virent que la famille Tchou les attendait en rang d'oignons en haut de l'escalier. Les châtelains s'inclinèrent avec un bel ensemble tandis que le maître des lieux souhaitait la bienvenue à cet hôte si peu désiré.

– Les mânes de mes ancêtres sont honorés de recevoir un visiteur de votre qualité, Noble Juge, dit le *pater familias*, homme d'assez belle stature, replet, dont la longue barbe noire devait descendre jusqu'au nombril. Nous remercions le ciel qui nous permet de faire une connaissance si prestigieuse. J'espère que notre misérable habitation ne sera pas trop indigne de votre illustre personne.

Le juge Ti le laissa égrener quelques protestations similaires avant de le remercier de la spontanéité avec laquelle il lui avait offert son toit. M. Tchou toussota, mal à l'aise, et lui présenta le reste de la maisonnée : son épouse, une dame encore belle d'après ce que la lueur des lampions laissait deviner de ses charmes, une fille bien assez grande pour être mariée, mais vêtue en dessous de son âge, comme cela arrivait souvent dans ces vieilles familles, et un gamin dont l'air espiègle faisait présumer qu'il ne devait pas être facile tous les jours. Il y avait aussi une vieille servante, un jeune jardinier-homme à tout faire, et un personnage au crâne rasé, qu'on leur présenta comme le cuisinier, mais qui devait être un ancien moine, trop soucieux sans doute des plaisirs de ce monde pour s'enterrer dans un monastère.

– Votre Excellence sera peut-être étonnée de la simplicité de notre train de maison, dit M. Tchou. Nos autres domestiques ont été distribués dans nos domaines pour prévenir tout risque de catastrophe, en ces temps difficiles, et repousser d'éventuels pillards et autres malandrins. Ici, nous sommes tranquilles, il n'arrive jamais rien. Notre bon majordome, Song Lan, gère notre demeure avec un soin parfait et répond à nos moindres besoins. C'est le pivot de notre foyer.

Le majordome s'inclina profondément.

– Nous vivons dans une simplicité propice à la méditation, reprit M. Tchou, en veine de conversation.

– Votre Excellence est certainement impatiente de se reposer de ses fatigues avant de partager notre modeste dîner, le coupa son épouse avec un sourire qui trahissait une pointe d'exaspération.

Le juge Ti eut l'impression que les bavardages de son mari l'agaçaient et qu'elle souhaitait mettre fin à ces palabres de pure forme. Il suivit la vieille servante à l'intérieur de la maison après avoir promis de les rejoindre dès qu'il aurait pris possession de ses appartements.

Le château était conçu selon l'habituel quadrillage de pavillons séparés par des cours intérieures. On le conduisit dans une aile latérale dont il constata qu'elle était partiellement en surplomb du lac. Des plantes pliées par le vent entouraient la galerie courant autour de son logement. Ce dernier était constitué de plusieurs grandes pièces richement agencées. On avait allumé les braseros. Un grand lit accueillant, à colonnes ouvragées, trônait dans la chambre principale. Le magistrat remercia la servante et resta seul avec le sergent Hong, qui aérait leurs vêtements.

– Eh bien, dit ce dernier, nous aurions dû nous rendre directement ici ! Quelle différence avec le bouge sordide d'où nous venons ! Ces Tchou sont d'opulents esthètes, si j'en crois le décor. Il y a ici plus d'œuvres d'art que dans aucune des résidences officielles que Votre Excellence a eu le bonheur d'occuper ces dix dernières années.

– Certes, répondit le juge. M. Tchou n'a l'air de

rien, mais son intérieur ne manque pas d'éclat. Sans doute a-t-il hérité cela de ses ascendants. Une telle collection de peintures et de bois précieux n'a pu être réunie que sur plusieurs générations. Ils sont comme l'arbre dont le tronc solide finit en de fragiles branchettes. Quand les racines sont bonnes, tout végétal peut se permettre de donner quelques rameaux débiles. Le plus grand luxe des rejetons de vieilles fortunes est de ne pas se montrer à la hauteur de l'héritage.

Le juge Ti se reprocha la dureté de son jugement. Après tout, ce Tchou avait montré une certaine bonne volonté. L'accueil aurait pu être glacial. Il fallait lui laisser un peu de temps pour faire preuve des qualités qu'il avait sûrement développées, comme tout lettré s'étant laissé vivre tout au long de son existence. Le magistrat se prenait en flagrant délit d'un *a priori* digne des patrons pêcheurs du Héron-Argenté.

Il ne tarda pas à rejoindre ses hôtes. Dès que le jeune jardinier eut frappé à la porte de l'appartement pour proposer de le guider à travers le labyrinthe des couloirs, le juge Ti sentit son estomac lui rappeler qu'il n'avait guère déjeuné, dégoûté qu'il était par l'examen du mort flottant. Il convenait d'aller savourer la cuisine raffinée qu'une telle demeure supposait.

M. Tchou l'accueillit sur le seuil de la salle à manger.

– J'espère que Votre Excellence est satisfaite de ses appartements ? demanda-t-il avec courtoisie. Si quelque chose venait à manquer, nous nous ferions une joie de...

Le juge Ti leva la main pour l'interrompre.

– Je suis enchanté de la courtoisie avec laquelle vous avez bien voulu me recevoir. Votre demeure est magnifique. Ce sera un bonheur pour moi que d'y séjourner quelque temps.

Sa repartie jeta un froid.

– Elle sera suffisante pour abriter Votre Excellence les deux ou trois jours de sa halte... répondit Mme Tchou sur un ton plein d'insinuations. Vous devez être pressé de reprendre votre route. Un homme de votre dignité a des occupations auxquelles il doit être difficile d'échapper longtemps.

Le juge Ti nota avec quel empressement on désirait le voir s'en aller.

– Hélas, répondit-il, je ne sais à quel moment l'état de la rivière me permettra de poursuivre ma route. Je suis attendu à Pou-Yang, où m'appelle ma nouvelle affectation. Ce contretemps est fort contrariant.

– Fort contrariant, certainement, répondirent en chœur M. et Mme Tchou, comme si cela avait été l'exacte expression de leurs pensées depuis ces deux dernières heures.

« On ne peut pas dire que les habitants de Tch'ouan-Go soient amateurs de distractions inopinées », se dit le magistrat. Il avait rarement vu des gens aussi amoureux de leur train-train. On aurait dit un monastère taoïste dérangé par l'irruption d'une soldatesque venue réquisitionner le sanctuaire pour y parquer sa garnison. Il chercha dans sa mémoire si on lui avait déjà indiqué que les natifs de cette région fussent connus pour leur manque de curiosité.

– Par bonheur, reprit-il, la présence providentielle d'un aussi splendide palais adoucira grandement la peine que j'aurais pu ressentir de me voir écarté de mes devoirs.

Les Tchou s'inclinèrent avec gratitude pour un compliment qui semblait ne leur faire ni chaud ni froid. La servante et le jeune homme apportèrent plusieurs plats répartis sur deux plateaux vernis.

– Pardonnez la modestie de ces mets, dit Mme Tchou. Nous vivons en quelque sorte comme des ermites, surtout en cette période de l'année. J'espère que vous ne nous en tiendrez pas rigueur. Vous-même devez être habitué à respecter les préceptes du Bouddha, qui recommande de ne jamais manger à satiété.

Le juge Ti acquiesça en se disant qu'il n'y avait là qu'une nouvelle formule de politesse. Lorsqu'il aperçut trois poissons rachitiques flottant dans un bouillon pâle, il comprit toute la portée tragique de cette annonce. Il s'agissait moins de simplicité que de pénitence. Le riz était trop cuit, la sauce fade et les légumes de piètre qualité. Tout en ingurgitant ce qui, au goût, se révélait aussi triste qu'à la vue, il crut à un plan délibéré pour lui faire regretter les fastes culinaires du Héron-Argenté. Mais les Tchou semblaient sincèrement gourmands de cette cuisine sans intérêt, dont ils se repurent sans répugnance et avec une rapidité de personnes habituées à considérer la nourriture comme une condition obligée de l'existence, ce qui certes était un peu cavalier lors de la réception d'un hôte de marque.

« Ils doivent appartenir à l'une de ces sectes bouddhistes qui font tant de mal à ce pays, se dit le juge en fouillant le bouillon de ses baguettes à la recherche de quelque chose de solide. On ne dira jamais assez les ravages que font les prédicateurs errants sur les consciences faibles. » Il se souvint du cuisinier au crâne rasé : tout s'expliquait. Le bouddhisme le plus étriqué avait pris possession des cuisines. Il en serait quitte pour faire venir quelques bols de l'auberge où, au moins, sa qualité à présent révélée, on le servirait comme le client de choix qu'il était. Confucius ne prônait pas non plus les excès, mais du moins ne poussait-il pas les gens à des privations volontaires moins pieuses que ridicules.

En revanche, le vin coulait à flots, surtout dans le gosier de Maître Tchou. Le juge Ti remarqua son assiduité à faire remplir sa coupe sur un rythme de plus en plus soutenu, malgré l'œil réprobateur de son épouse. Le buveur se lança dans un discours passionné sur les qualités des paysages environnants, dont son auditoire fut bientôt soûlé, à défaut de l'être par le vin. « Voilà peut-être la raison pour laquelle ma présence était indésirable, se dit-il. Ce Tchou est un ivrogne invétéré que même le moine affameur n'a pas encore réussi à guérir de son vice, et dont sa famille cache le travers pour ne pas abîmer une réputation locale déjà bien ébréchée. »

Mme Tchou donna quelques discrets coups d'éventail sur le bras de son mari, qui interrompit brutalement ses descriptions poético-géographiques, si bien qu'un silence gênant tomba sur la salle à manger. Le repas de carême était fini depuis un moment, mais le juge Ti hésitait à prendre congé si vite. Mme Tchou frappa tout à coup dans ses mains.

– Mes enfants vont vous faire une démonstration de leurs dons musicaux, annonça-t-elle sous l'inspiration d'une bonne idée inespérée.

Le garçon saisit une flûte et la jeune fille un luth.

– Nous leur avons fait donner des leçons par les plus grands professeurs, dit fièrement la maîtresse de maison. Nous tenons beaucoup à cultiver les arts, comme tout dans cette maison en témoigne, vous l'aurez remarqué.

« Calamité ! pensa le juge. Si leur jeu est à l'image

de leur cuisine, le pire est à redouter. » Les enfants entamèrent une mélopée que la jeune fille rehaussa de sa jolie voix. Contre toute attente, ils jouaient parfaitement juste. Tout cela était charmant, mais recelait un je-ne-sais-quoi de commun que le juge ne put identifier. Cela lui revint tout à coup : il avait déjà entendu cet air sur une place publique, à Han-yuan. Les professeurs dont parlait Mme Tchou ne devaient pas avoir été d'une si haute élévation ! La pauvre femme s'était fait avoir ; on ne payait guère les précepteurs pour qu'ils enseignent à leurs élèves un répertoire de foire. Mais ce décalage donnait à la scène un côté désuet, le premier événement sympathique de la soirée. Aussi le magistrat, une fois l'air terminé, loua-t-il de bon cœur les jeunes artistes, pour le plus grand contentement de son hôtesse, qui fit mine de rougir avec des minauderies de demoiselle.

Son visage se figea soudain en une expression beaucoup plus crispée. Les quatre Tchou fixèrent des yeux la porte avec la même figure que les employés de l'auberge lorsqu'ils avaient vu entrer le cadavre flottant. Le juge tourna la tête de ce côté. Un petit vieillard chenu à barbe blanche se tenait sur le seuil, appuyé sur une canne. M. Tchou se leva pour courir à sa rencontre.

– Cher père, dit-il. Comme vous êtes bon de nous faire l'honneur de votre présence, ce soir.

Le vieillard s'assit face au juge, sans un mot.

– Laissez-moi vous présenter mon cher père, Tchou Li-peng, dit M. Tchou. Monsieur Ti est un visiteur éminent qui a daigné s'arrêter chez nous pour attendre la fin des pluies, cria-t-il dans l'oreille du vieillard, chez qui la nouvelle ne provoqua pas le moindre haussement de sourcil.

– Il faut bien que tout le monde meure un jour, finit-il par répondre d'une voix chevrotante.

Les Tchou échangèrent des regards accablés. Mme Tchou se pencha sur le juge.

– Mon vénérable beau-père n'a plus tous ses esprits, lui confia-t-elle, bien que son invité fût déjà parvenu sans son aide à la même conclusion. C'est un vieil homme sans malice, mais ses propos manquent de logique. Ne faites pas attention à lui.

– Je suis très honoré, M. Tchou, cria le juge.

– La mort est une fin inéluctable, répondit le vieillard, dont les préoccupations du moment tiraient décidément sur le morbide. Mais le repos éternel console de tout.

– Sans aucun doute, cria le juge Ti, tout en pensant malgré lui que la fin du vieillard annoncerait surtout un grand repos pour son entourage. Votre père est un homme d'une puissante sagesse, dit-il à son hôte ainsi que la courtoisie l'y engageait.

– Oui ! répondit M. Tchou avec un sourire enthousiaste, rassuré de constater que l'excentricité du patriarche n'avait pas trop choqué leur invité. C'est cela, c'est un vieux sage !

– D'une sagesse hermétique, mais certainement pleine d'un bon sens précieux par les temps qui courent, reprit le juge.

– On ne meurt qu'une fois, scanda le vieillard, encouragé.

Comme il n'y avait rien à ajouter à cette sentence, le juge Ti prit congé et se fit raccompagner à ses appartements.

On avait servi à Hong son dîner dans sa chambre. Il n'avait pas été mieux traité que son maître sur ce plan.

– Bien, dit le juge après avoir jeté un coup d'œil aux reliefs de poisson et de légumes bouillis. J'avais cru un instant que ces agapes m'étaient réservées ; je vois que c'est le régime général de la maison. La perfection ne saurait être de ce monde.

– Hélas, dit Hong avec un soupir. Chaque fruit a son noyau, et les plus beaux attirent plus de vers que les autres.

Une idée hantait le magistrat. Étrangement, le discours de M. Tchou sur les vertus du paysage local lui rappelait quelque chose, sans qu'il fût capable de définir ce que cela pouvait être.

– Puis-je connaître les projets de Votre Excellence quant à l'affaire du marchand de soie assassiné ? demanda Hong.

Le juge Ti répondit qu'en l'état actuel des choses il lui était impossible de signaler ses doutes à l'administration locale. L'inondation et son train de désolations devaient d'ailleurs réquisitionner toutes les forces disponibles. On n'aurait que faire d'ouvrir une enquête sur ces questions annexes, fût-ce pour arrêter le plus grand meurtrier du monde. Le magistrat du district se rirait d'un prétendu crime sans preuve ni témoin, commis sur la personne d'un représentant de commerce comme il en disparaissait chaque semaine sur les routes de l'Empire.

– C'est bien dommage, dit Hong. D'autant que notre séjour dans ce palais nous éloigne définitivement de toute éventualité d'enquête personnelle.

Le juge resta songeur.

– Je n'en suis pas certain, répondit-il au bout d'un moment. N'as-tu pas remarqué la robe que la belle Mme Tchou portait ce soir ?

Hong confessa n'avoir noté que son maquillage

excessif, qui trahissait l'angoisse de l'âge mûr, et l'élégance un peu chargée de sa mise.

– Mme Tchou, précisa le juge, portait une fort jolie robe, coupée très précisément à ses mesures et visiblement neuve, dans une soie de première qualité... à motifs de gros camélias roses. Cela ne te rappelle-t-il rien ?

Pour autant qu'il pouvait s'en souvenir, c'était ce même tissu dont le marchand transportait des échantillons dans ses bagages.

– Nous irons demain vérifier ce point à l'auberge du Héron-Argenté. Cela nous donnera au moins l'occasion de faire un bon repas.

– Louée soit la clairvoyance toujours en éveil de Votre Excellence ! approuva avec ferveur le sergent Hong.

Le juge Ti lut un long moment, dans le confort douillet de son lit de sybarite, avant de souffler la jolie lanterne de sa table de chevet. Cette première nuit au château s'annonçait sous les meilleurs auspices. Un calme apaisant régnait sur la maison, à peine souligné par le coassement de quelques crapauds, le léger clapotis d'une pluie qui s'était faite plus fine, et le bruissement du vent dans la végétation lacustre.

C'est donc avec une surprise mêlée de contrariété que le magistrat se réveilla une heure plus tard pour constater bientôt qu'il lui était impossible de retrouver le sommeil. Son insomnie se riait du décor fastueux et rassurant qui aurait dû favoriser son repos.

Fut-ce l'effet de cette veille forcée, fut-ce sa cause, une inquiétude confuse le tourmentait. Il fut presque soulagé d'entendre des bruits lointains troubler ce silence devenu étouffant. Incapable de rester plus longtemps à se morfondre, il enfila un manteau par-dessus sa robe de nuit et entreprit de mettre le nez dans le couloir en comptant sur la lueur de la lune pour l'éclairer.

Quand il se fut cogné dans quelques-uns des innombrables meubles qui encombraient cette demeure, il retourna dans sa chambre prendre de la lumière. Peu après, sa lanterne à la main, parti à la découverte du château endormi, il ressemblait à cet ermite errant légendaire, qui recherchait la sagesse à travers « la bêtise assombrissant le monde visible ». « Belle parabole pour un malheureux juge perdu dans un univers de crime et de vice omniprésents », songea l'insomniaque au cours de sa promenade dans les salons d'apparat. La comparaison s'appliquait à lui à ce détail près qu'il ne savait guère ce qu'il cherchait, ni s'il y avait quelque chose à trouver.

Au reste, le château n'était pas aussi endormi que cela. Plusieurs fois, il lui sembla que des portes se refermaient à son approche. Il crut percevoir des bruits de pas sur le toit. Il prit la peine de sortir sur la coursive, sans rien distinguer d'autre que les silhouettes des acrotères en terre cuite qui se détachaient sur le ciel voilé. Au fil des couloirs, une odeur d'encens de plus en plus nette lui chatouilla les narines. Un halo de lumière et de vagues murmures le guidèrent vers une petite pièce qui se révéla être la chapelle. Un gros moine luisant, agenouillé devant un autel surchargé de statuettes et d'offrandes, était absorbé en une vibrante prière, au milieu des fumées votives. La plus importante des effigies sacrées était une statue dorée de la déesse à queue de poisson, fine et souriante. La faible lumière rouge des lampions donnait à la scène un éclairage crépusculaire. Le cuisinier psalmodiait ce que le juge prit tout d'abord pour des formules rituelles. En tendant l'oreille, il s'aperçut qu'il répétait en réalité : « Pardonnez-moi, pardonnez-nous, pardonnez notre très grande témérité », avec la frénésie d'un pécheur ayant commis un crime irrémissible. Cela conforta le juge dans l'idée que ce religieux était un illuminé capable de jeter une famille entière dans des pénitences à la rigidité déplacée hors d'un monastère.

En poursuivant à travers les couloirs sa tournée de reconnaissance nocturne, il eut la certitude d'entendre d'autres pas que les siens traverser certaines pièces, presque sous son nez. Il n'était pas seul à rôder, et son *alter ego* tenait d'évidence à n'être pas surpris. Le juge constata que la maison était beaucoup plus vivante la nuit que durant la journée.

Un autre murmure attira son attention vers une aile éloignée de celle qu'il occupait. À l'intérieur de sa chambre, le vieux Tchou bougonnait ; il essayait en vain de sortir en appuyant à plusieurs reprises sur la poignée. On l'avait mis sous clé. « Je comprends cela, se dit le juge. Il faut bien en enfermer quelques-uns, ou toute la maisonnée passera la nuit à se promener dans ces corridors ! C'est la maison des insomnies ! »

Un bruit de porte se fit entendre sur la promenade couverte. Il sortit de nouveau, curieux de voir si cette partie de cache-cache allait enfin livrer son secret. De la lumière filtrait d'une des pièces. À travers le papier de la fenêtre, il aperçut Mlle Tchou, assise sur son lit. Elle n'était pas seule. À côté d'elle se tenait un jeune homme élancé, en qui le juge Ti reconnut bientôt le jardinier du domaine. C'était apparemment pour la jeune fille une heure convenable pour autoriser les visites privées. Les assiduités du jardinier, dont elle ne se défendait nullement, ne laissaient aucun doute sur la nature de leur entretien.

« Mlle Tchou ne se contente pas d'apprendre à jouer du luth, se dit le juge. Elle prend aussi des leçons sur la manière de cultiver les roses. » Il s'écarta pudiquement de la fenêtre pour ne pas pousser plus loin l'indiscrétion. Mais les bruits émanant de la chambre indiquaient assez le sujet de la leçon. L'élève avait d'ailleurs l'air aussi douée que le professeur. Visiblement la tige de jade avait trouvé son pot. À entendre ce qui lui parvenait de la discussion, le juge Ti estima qu'il avait épousé trois femmes prudes, peu représentatives des pratiques de la bonne société. Il n'était pas persuadé que ce fût là une façon correcte d'élever les jeunes filles, mais après tout ce n'était pas son affaire.

« Voilà décidément une maison de belle tenue, se dit-il. J'espère que le futur époux qu'on livrera à cette demoiselle, ce qui s'annonce ardu, ne sera pas trop regardant sur la pureté de ses plates-bandes. »

Il regagna son lit en méditant sur la dégradation des mœurs dans l'Empire des T'ang, phénomène qui s'étendait à présent jusque dans les petites villes de province.

IV

Le juge Ti jette un regard nouveau sur la ville de Tch'ouan-Go ; il reçoit un cadeau de prix.

Lorsqu'il réveilla son maître, le sergent Hong était visiblement guilleret à l'idée d'aller déjeuner en ville. La vieille servante apporta la théière et le riz du matin. Le juge la pria de prévenir ses hôtes qu'il serait absent une partie de la journée. Il demanda seulement qu'on mît à leur disposition une embarcation légère, au cas où la zone serait toujours inondée. La servante répondit que le niveau de l'eau n'avait pas baissé depuis la veille, malgré la diminution des pluies. Le juge endossa des vêtements civils afin de passer aussi inaperçu que possible. Il aimait à mener ses enquêtes avec discrétion tant qu'il n'était pas nécessaire d'user d'autorité pour impressionner ses interlocuteurs. La rouerie du renard était le pendant indispensable au rugissement du lion. Il enfila son manteau gris et un bonnet de fourrure à longues oreillettes qui lui masquait en partie le visage. Le ciel leur faisait justement la grâce d'une accalmie, ils se hâtèrent d'en profiter.

– Au fait, comment allons-nous nous y rendre ?

demanda le sergent Hong quand ils atteignirent le portail, juste au-dessus de l'inondation.

– C'est simple, répondit son maître : nous allons leur emprunter cette embarcation qui nous attend, et tu vas pousser.

L'enthousiasme du sergent fraîchit soudain :

– Ne pourrait-on leur emprunter aussi le majordome, ou ce jeune jardinier solide, là, pour nous véhiculer ?

Le juge Ti n'avait aucune envie d'emmener avec eux un domestique de cette maison, lequel n'aurait eu de cesse de les espionner. Le sergent Hong se résigna à servir de batelier, après avoir servi de portefaix et de femme de chambre.

Tandis que son serviteur les conduisait de sa perche en tâchant d'éviter les éclaboussures, le juge, assis au milieu de la barque élégante, réfléchissait et observait, serein comme le Bouddha dérivant au fil de l'eau sur une feuille de lotus géante.

Au détour d'une rue, ils aperçurent au loin le vieux Tchou, sur une barque conduite par le majordome.

– Je vois que c'est jour de sortie, remarqua le juge Ti. Ils aèrent le vieux monsieur sur les eaux après l'avoir chambré. Ils l'entretiennent par la méthode du chaud et du froid alternés.

Comme le juge l'avait prédit, son marinier improvisé, qui pourtant n'était pas grand maître en cet art, mit beaucoup moins de temps pour les conduire au Héron-Argenté qu'il n'en avait fallu au majordome pour les emmener à la porte du domaine.

La joie de l'aubergiste à les voir revenir chez lui fut presque aussi grande que le soulagement de Hong Liang à toucher la fin de son éprouvant trajet. L'incognito du magistrat avait dû alimenter toutes les conversations de l'établissement depuis son départ pour la demeure du lac. On les traita comme des ministres, avec force courbettes. Pourtant, une idée taraudait l'hôtelier. À voir ce puissant fonctionnaire si peu entouré, il craignait d'avoir été abusé par un costume d'emprunt, arboré par un audacieux filou. C'était un crime à finir sous la hache, mais l'imagination des escrocs n'était-elle pas sans limite ? Il voyait plus souvent les juges précédés de huit porteurs d'étendards criant « Place à Son Excellence ! » et de maints serviteurs soutenant leur palanquin officiel, chamarré d'or et de pourpre. Il se lança :

– Votre Excellence me permettra-t-elle de lui demander pour quelle raison elle voyage sans suite, sans sbires, femmes ni valets ?

Puis il fit un pas en arrière, effrayé de sa propre témérité. Le juge Ti leva un sourcil. Il condescendit à expliquer que ses épouses suivraient plus tard. Pressé par l'urgence de sa prise de fonction, il avait dû se résoudre à embarquer comme passager sur un petit navire marchand, en abandonnant sa suite au hasard d'un autre embarquement. Il n'avait conservé auprès de lui que le sergent Hong, « héritier d'une longue lignée de serviteurs dévoués à sa famille ».

L'aubergiste s'inclina devant Hong Liang comme s'il eût été en présence de la famille Ti ressuscitée jusqu'à la huitième génération. « À peine cette bourgade s'habitue-t-elle à la présence d'un magistrat qu'il lui faut tout son train et qu'elle se plaint du manque de décorum ! se dit le juge Ti. Ainsi va l'homme, qui se fait si vite aux honneurs qu'il en réclame toujours davantage ! Sous peu, ils s'étonneront de ne pas recevoir la visite de l'Empereur et de sa cour ! »

Les deux convives mangèrent de bon appétit, d'abord

parce qu'en comparaison du régime domanial tout semblait succulent, ensuite parce qu'il convenait de se rattraper du dîner de la veille et de prendre de l'avance sur celui qui les attendait. Les pièces de cuivre avec lesquelles le juge Ti acquitta la note achevèrent de détruire les doutes qu'avait pu nourrir le restaurateur. Un homme qui payait était un homme de bien, rien à voir avec un aigrefin. A contrario, tous les démunis lui semblaient des vauriens.

À présent qu'il avait repris sa dignité officielle, le juge Ti en profita pour interroger les convives de l'avant-veille. Il désira savoir d'où arrivait le représentant de commerce, pour quelle firme il travaillait et quels clients il venait voir. L'entretien fut décevant. On savait que le défunt était originaire de Dei-Pou, mais il serait impossible de joindre la fabrique de soie tant que la situation climatique ne serait pas rétablie. Quant à ses contacts locaux, on pouvait coucher sur cette liste l'ensemble des bourgeois du cru, particulièrement les dames, ce qui constituait une liste de suspects beaucoup trop longue pour le temps que le juge Ti espérait consacrer à cette halte forcée.

Par la fenêtre, il vit passer une seconde fois le vieux M. Tchou, qui entra dans une belle maison, de l'autre côté de la rue. L'aubergiste, en veine de commérages, expliqua sans se faire prier que c'était la tournée hebdomadaire du vieil homme. Rien, aussi longtemps qu'on pouvait s'en souvenir, ne l'en avait empêché, qu'il neige, qu'il gèle, ou que la rivière connaisse sa plus forte crue décennale de mémoire de Tch'ouan-Gonnais,

– J'aurais pensé que ce monsieur préférerait rester au chaud dans son palais, par ce temps, remarqua Hong.

– Le bon sens n'est pas son trait le plus marquant, répondit le juge. Du reste, à cet âge, ce sont nos habitudes qui nous maintiennent en vie. Au fait, demanda-t-il à leur hôte si coopératif, qu'avez-vous fait des échantillons trouvés dans la chambre du représentant ?

La question parut embarrasser son interlocuteur. Il lui montra quelques paquets, parmi lesquels le juge Ti ne retrouva pas la belle soie crème à motifs de camélias.

– Vous en oubliez un, je crois, insista le juge. Où est-il ?

L'aubergiste, de plus en plus gêné, frappa dans ses mains. « Faites venir Mme You », ordonna-t-il. On lui répondit que c'était difficile : elle était en pleins travaux de couture. « Qu'elle vienne comme elle est », coupa-t-il sèchement.

Une jeune femme apparut, vêtue d'une jolie robe ornée de camélias brodés, et dont les ourlets n'étaient pas terminés. Le juge comprit qu'il allait devoir récupérer son échantillon sur le corps de la cuisinière, qui entretenait apparemment avec l'aubergiste des relations suffisamment étroites pour qu'il la gratifiât de petits cadeaux quand l'occasion se présentait. C'était bien le même tissu que celui porté par Mme Tchou, à ce qu'il lui sembla. Il eut la mansuétude d'abandonner la robe à celle qui s'en était revêtue, en lui recommandant d'en prendre soin : cela risquait de devenir sous peu une pièce à conviction. La porteuse de la pièce à conviction rosit autant que ses camélias.

– Vous avez la même robe que la belle Mme Tchou, remarqua le juge avec détachement.

Le visage de la cuisinière, aussi flattée que gênée, tourna au rouge pivoine. Cependant, il n'était guère possible de voir dans cette similitude de robes une preuve formelle d'assassinat : les démarcheurs itinérants étaient la première source d'approvisionnement d'une petite ville. Sans doute dix femmes comme Mme Tchou portaient-elles un vêtement de même origine. Le juge Ti se promit de tirer ce point au clair avec sa charmante hôtesse à la première occasion.

Ils sortirent de l'auberge au moment où le vieux Tchou quittait la maison d'en face pour se diriger vers le temple de la Félicité publique, dont les colonnes se dressaient au bout de la rue.

– Ce n'est pas une promenade, nota le juge Ti, c'est une course de fond. Soit ce vieillard recèle des ressources physiques insoupçonnées, soit sa famille a décidé de se débarrasser de lui en lui imposant un entraînement d'athlète.

Ils se rendirent au port pour voir s'il convenait d'envisager un départ prochain. La rivière s'était radoucie, quoique des déchets en grand nombre aient continué leur sinistre défilé de branches et de porcs le ventre en l'air. Le capitaine de la jonque leur apprit qu'en revanche les avaries provoquées par leur navigation aventureuse n'étaient pas réparées. Il n'en aurait pas été là si le magistrat n'avait usé de son autorité pour l'y contraindre. Ce point établi, il en profita pour lui soutirer quelques subsides, que le juge lâcha au compte-gouttes, partagé entre le devoir, qui l'appelait à Pou-Yang, et l'envie de rester où il était pour y résoudre l'énigme du cadavre flottant. Il disposait d'au moins deux jours, si tant est que le flot se stabilisât d'ici là. Dans les deux cas, sa conscience pourrait se satisfaire : il laissait les éléments décider si son enquête irait à son terme ou non.

Le jour faiblissait lorsqu'ils traversèrent la ville en sens inverse. Hong Liang était fatigué de véhiculer un maître aussi impassible et pesant qu'une statue de granit. Les oreilles de ce dernier auraient sifflé s'il avait pu entendre les pensées dont on le gratifiait dans son dos. Le sergent, tout à sa rouspétance, s'égara vers un faubourg bâti le long de ce qui avait été la berge et ressemblait à ce moment à un triste marécage. Les maisons, particulièrement atteintes par la montée des eaux, avaient toutes abandonné leur rez-de-chaussée aux annexions de la rivière. On accédait directement à l'étage par des escaliers de bois prévus à cet effet dès la construction. Une lanterne allumée bien avant la nuit indiquait qu'ils se trouvaient dans « l'allée des saules », le quartier réservé à la prostitution, comme toute ville de petite importance en possédait. Il n'y avait guère que trois établissements de rendez-vous, encore étaient-ils de taille modeste. Le sergent Hong s'apprêtait à faire demi-tour quand ils aperçurent une nouvelle fois la barque de M. Tchou. Le majordome somnolait sur la banquette, emmitouflé dans un manteau épais.

– Dois-je en croire mes yeux ? souffla le sergent Hong à l'oreille de son maître.

La porte de l'étage s'ouvrit bientôt et les yeux du sergent Hong n'eurent plus la possibilité de douter : ils virent le majordome se lever en hâte et grimper les marches pour aider le vieillard à rejoindre l'embarcation. Ce vieil homme à demi impotent sortait indubitablement des bras d'une femme-fleur.

– À son âge ! souffla Hong Liang. Le vieux cochon !

– Cela ne m'étonne pas, répondit le juge, se rappelant ce qu'il avait surpris la nuit dernière dans la chambre de Mlle Tchou. Dans cette famille, ils commencent tôt et finissent tard.

Par discrétion, ils laissèrent la barque de M. Tchou s'éloigner en direction du domaine. Hong éternua.

– Mon pauvre ami, dit le juge, tu es en train de prendre froid. Il faudrait nous réchauffer un peu avant de repartir. Rendons une petite visite à cette dame. Ces femmes ont toujours du thé au chaud pour recevoir les visiteurs impromptus. Je crois qu'un interrogatoire s'impose.

Se méprenant sur les intentions de son patron, le sergent ouvrit des yeux ronds. Il amarra l'embarcation à l'escalier, et les deux hommes allèrent frapper à la porte de l'étage. Une personne assez forte, maquillée de façon outrancière et pomponnée comme pour un jour de fête, vint leur ouvrir.

– Un seul à la fois, déclara-t-elle en jaugeant rapidement ses deux visiteurs. L'autre n'a qu'à attendre dans l'alcôve.

– Nous ne sommes pas des clients, répondit le juge Ti en pénétrant dans le sanctuaire des voluptés. Je suis le magistrat de Pou-Yang et je viens vous poser quelques questions dans le cadre d'une enquête.

La coutisane marqua à peine un temps d'arrêt sous l'effet de la surprise. Ayant jeté aux visiteurs un regard différent, elle referma derrière Hong Liang et s'inclina.

– Veuillez pardonner mon erreur, s'excusa-t-elle. J'avais en effet entendu dire qu'un magistrat était descendu à l'auberge de notre petite ville, mais je ne pensais pas recevoir l'honneur de sa visite. Que puis-je pour Votre Excellence ?

Ils demandèrent une tasse du thé qu'ils voyaient chauffer sur le poêle et s'installèrent sur les confortables sièges qui entouraient une jolie table basse laquée de rouge. Dans le fond de la pièce, un grand lit défait attirait les regards de façon gênante. Dès qu'elle les eut servis, leur hôtesse alla tirer les rideaux du lit et revint se poster devant le juge en attendant les questions. C'était, en dépit des préjugés, une femme perspicace, dotée d'une certaine éducation. Le juge Ti, de par ses activités, avait déjà rencontré bon nombre de ses consœurs, qui toutes ne faisaient pas preuve de la même docilité. La misère et une vie de honte en marge de la société engageaient peu à l'obéissance et à l'urbanité. Mais, dans une bourgade paisible où tout le monde se connaissait et cohabitait en bons termes, la situation n'était pas la même que dans la pègre des grandes villes. Les quatre ou cinq fleurs de plaisir locales faisaient partie du décor comme l'échoppe du médecin ou celle de l'aubergiste.

Bouton-de-Rose, de son nom de guerre, habitait cette « petite cour des fleurs » depuis trente ans, et depuis trente ans, chaque semaine, qu'il vente ou qu'il pleuve, M. Tchou père lui rendait sa visite habituelle avec une régularité de clepsydre. Le vieil homme avait apparemment du goût pour les femmes enveloppées et un peu vulgaires. Sa bonne amie ressemblait à une pâtisserie géante aux décorations chargées. « Voilà qui explique le choix qu'il a fait de sa bru, songea le juge Ti. Elle correspond à son propre idéal féminin. Il a souhaité faire profiter son fils du même genre d'appas dont il aime à bénéficier lui-même. »

Quoique ne comprenant rien à la curiosité du magistrat pour son plus ancien client, Bouton-de-Rose leur détailla le rituel de sa tournée. Tous les huit jours, il déjeunait avec une poignée de vieux amis, allait au temple rendre un culte à sa défunte épouse, s'entretenait avec le bonze, saluait une vieille parente depuis toujours amoureuse de lui, puis il venait ici, « plus pour le bonheur de la conversation que pour autre chose », crut-elle bon de préciser, bien que l'état du lit fît peser quelques doutes sur cette allégation. Il la voyait en dernier parce qu'à cet âge, plus encore qu'à tout autre, la majeure partie du plaisir résidait dans le fait d'en différer l'instant.

Le juge Ti voulut savoir si M. Tchou lui avait fait part d'un changement intervenu récemment au château, ou si elle avait noté une modification dans son comportement. Bouton-de-Rose réfléchit un instant, puis répondit qu'elle n'avait rien remarqué de particulier. Depuis plusieurs années, M. Tchou avait l'habitude de tenir des propos incongrus, auxquels nul ne prenait plus garde. Le juge Ti songea que cet état devait pimenter d'une étrange façon ce « bonheur de la conversation » dont parlait la femme-fleur. D'après elle, c'était par ailleurs un homme bon et paisible, comme tous ceux de sa lignée, et « cela comptait plus que tout autre détail de son comportement ». Elle nourrissait d'évidence pour son vieux client un tendre sentiment forgé par l'accoutumance des ans.

Comme ses visiteurs prenaient congé, la dame se souvint cependant avoir noté un fait insignifiant : les préoccupations de M. Tchou lui avaient paru ce jour-là fort orientées vers le peu de pérennité des choses et les funérailles. Mais c'était un fait courant chez les veufs âgés que de se remémorer leurs deuils et de se croire guettés par le trépas. « Les malheurs provoqués par la rivière ne l'inclinaient pas à la bonne humeur, voilà tout », conclut-elle.

Les deux hommes remercièrent pour le thé bouillant et quittèrent la maison en espérant que personne ne les surprendrait : qui croirait qu'ils venaient de deviser au coin du feu autour d'une tasse de thé ?

Sur le chemin du retour, leur barque passa près du temple de la Félicité publique. Le juge pria le sergent

Hong de l'y amarrer, ce qu'il fit avec satisfaction, ravi de cette étape providentielle.

À l'intérieur, posé devant l'autel, trônait un cercueil de cérémonie laqué et ouvragé. L'inscription indiquait qu'il contenait provisoirement le corps du représentant, dont on avait différé l'inhumation pour cause d'intempéries. Un grand nombre de bâtonnets d'encens se consumaient devant la statue du Bouddha. Les fidèles n'étaient pas avares d'offrandes en cette période d'angoisse et de désastres.

– Notre temple est honoré de votre auguste présence, dit une voix dans leur dos.

Un bonze s'était approché sans bruit dans ses sandales de corde. Après l'avoir salué, le juge en profita pour lui demander s'il avait reçu la visite du vieux M. Tchou cet après-midi-là.

– M. Tchou est l'un de nos plus pieux fidèles, répondit le bonze, qui recueillait chaque année une part sonnante et trébuchante des bénédictions prodiguées à la famille Tchou par la déesse du lac. Il est venu, comme chaque semaine, prier pour le repos de feu son épouse. Hélas, le pauvre homme perd de plus en plus la tête. Au lieu de la baguette d'encens qu'il allume d'habitude, il a rempli un brûle-parfum entier !

– Peut-être a-t-il voulu honorer l'ensemble des morts des récentes épidémies ? suggéra le juge Ti.

– C'est possible, répondit le bonze. Mais, lorsque je lui ai fait cette suggestion, il n'a pas paru être au courant de la moindre épidémie. C'est un homme qui vit dans un monde à part. Ce qui ne l'empêche pas d'être l'un de nos principaux bienfaiteurs. Il est béni des dieux.

– Ne vient-il jamais en compagnie de sa famille ?

– Assez rarement, répondit le bonze. Je crois qu'ils

profitent de cette sortie hebdomadaire pour souffler un peu. Il ne doit pas être facile de le côtoyer tous les jours : il tient des discours hermétiques, comme vous l'avez peut-être constaté.

– Et puis les Tchou ont leur propre chapelain, ajouta le juge Ti.

Le bonze se figea comme devant un serpent. Il n'avait pas connaissance que le domaine se fût attaché les services d'un religieux :

– Plaît-il ?

– Cet homme qui leur sert de cuisinier, reprit le juge. Il s'agit visiblement d'un moine. Vous n'êtes pas au courant ?

Le visage du bonze se referma comme celui d'une Première épouse apprenant par hasard que son mari compte prendre une concubine deux fois moins âgée qu'elle.

– On ne m'en avait pas avisé, dit-il sur un son sec.

Les pensées s'agitaient follement dans son esprit contrarié : le magot annuel décerné par les Tchou risquait d'être écorné si un concurrent s'installait au château. Qu'est-ce que c'était que cette histoire ? La sauvegarde de ses intérêts l'emportait provisoirement sur la satisfaction de voir les Tchou ménager leur karma. Il se sentait comme un vieux commerçant voyant ses meilleures pratiques fréquenter la concurrence.

La conversation perdit beaucoup de son intérêt : le bonze répondait à présent comme un malentendant ; il avait la tête ailleurs. Le juge laissa quelques pièces pour l'entretien du temple et reprit sa barque en direction du domaine. Ils arrivèrent à temps pour le dîner, sans parvenir à trancher si c'était une chance ou un malheur.

Après avoir revêtu un vêtement d'intérieur confortable, le juge Ti rejoignit ses hôtes dans la salle à manger.

– J'espère que Votre Excellence ne s'offusquera pas de voir nos enfants prendre tous leurs repas avec nous, lui dit son hôtesse. En cette période exceptionnelle, avec cette pénurie de serviteurs, nous sommes contraints de déroger aux règles habituelles.

– Cela ne me dérange nullement, ils sont si sages, répondit le juge en songeant que ces pauvres Tchou avaient pour leurs rejetons des faiblesses coupables. Ils se tenaient fort mal et auraient eu grand besoin, selon lui, de se voir inculquer les bonnes manières à coups de fouet.

Il ne put s'empêcher de trouver à Mlle Tchou un certain talent de comédienne. En dépit de ce qu'il avait vu la nuit précédente, elle affectait des mines de frêle jeune fille timide. Le jardinier assista la vieille servante dans le service comme il avait fait la veille, et rien dans l'attitude du jeune homme ou de la demoiselle ne pouvait laisser croire qu'ils étaient amants. Mme Tchou nota l'insistance avec laquelle leur invité toisait sa fille.

– Elle est charmante, n'est-ce pas ? dit-elle.

– Vous avez là une demoiselle fort jolie et bien élevée, qui fera un jour le bonheur de son mari, déclara-t-il avec une pointe d'ironie grinçante.

Gonflée d'orgueil, Mme Tchou se lança dans un vibrant étalage des qualités morales qu'elle avait su transmettre à sa descendance. « Mais oui, bien sûr », pensa le juge Ti en méditant sur l'aveuglement lamentable des parents. Il ne restait qu'à espérer que ces jeunes gens prenaient les précautions indispensables, ou bien le mariage pourrait bien devenir plus urgent qu'on ne l'eût souhaité.

Le juge Ti s'attendait à se voir infliger la même pitance que la veille. Il se trompait : les performances culinaires du château étaient d'une variété inattendue. On leur servit des algues vertes et gluantes qui sentaient le marigot. « On pouvait donc faire pire ! », se dit-il en luttant contre un vif sentiment de découragement. Ce moine était doué d'immenses capacités de raffinement dans l'exercice de la torture. On aurait pu lui demander s'il n'envisageait pas de s'engager au service d'un tribunal. En effet, la loi prévoyait qu'un accusé devait avouer son crime préalablement à toute condamnation à mort, quels que fussent les moyens employés pour extorquer sa confession ; aussi faisait-on grand usage de tortionnaires. Ces plats bizarres auraient représenté une bonne alternative aux pincettes et bastonnades qui, à la longue, devenaient lassants et manquaient d'originalité. Les prévenus savaient à quoi s'attendre. L'effet de surprise ne constituerait-il pas un élément d'appoint intéressant dans l'obtention des aveux ? Le juge Ti eut pour sa part la certitude qu'il aurait admis n'importe quelle faute pour être dispensé d'avaler ces horreurs.

Soucieux de penser à autre chose, il se concentra sur son enquête et demanda à ses hôtes s'ils avaient eu vent du drame qui s'était produit en ville. À sa grande surprise, ils semblèrent tomber des nues. Leur isolement était tel que la nouvelle n'était pas parvenue jusqu'à eux. C'est du moins ce qu'ils prétendirent.

– Un noyé ? s'étonna M. Tchou. Qui cela peut-il bien être ?

– Un représentant en soie, répondit le juge en observant discrètement sa réaction.

Le châtelain ne marqua aucune émotion. Mme Tchou, en revanche, laissa tomber ses baguettes. Le juge leur relata l'arrivée du corps dans l'auberge même où le défunt avait passé la nuit.

– Comme c'est curieux ! dit Mlle Tchou. Il aura glissé dans l'eau en faisant la tournée de ses clients.

– Non, non, dit le juge Ti, résolu à révéler un élément de ses conclusions pour tenter de provoquer un choc. Je suis persuadé qu'il s'agit d'un crime. Tout porte à croire que cet homme a été assommé, achevé, puis jeté dans le courant pour faire croire à un accident.

Les Tchou se raidirent.

– Un meurtre ? Ici ? Dans notre bonne ville ? dit le père de famille.

– Quelle horreur, murmura son épouse tandis que leurs enfants gardaient le nez au ras de leur bol d'algues. Comment est-ce possible ?

– On l'aura assassiné alors qu'il se rendait chez l'une ou l'autre de ses pratiques, reprit le juge comme si de rien n'était. Au fait, peut-être le connaissiez-vous ? Ses produits étaient de belle qualité.

Mme Tchou parut soudain très émue. Elle ne répondit rien.

– Il y a tant de colporteurs, dit son mari. Tous viennent frapper à notre porte, attirés par la réputation d'opulence de cette maison. Mais nous n'en recevons plus aucun. Aucun ! répéta-t-il. Nous nous consacrons à la méditation et à la prière.

Le juge Ti eut la conviction que le représentant était bel et bien venu les voir peu avant sa mort, et que Mme Tchou avait une part de responsabilité dans ce qui était arrivé. Il imagina fort bien le mari surprenant sa femme dans les bras du commerçant, à l'occasion d'un essayage coquin. Peut-être l'avait-il frappé. Il n'aurait pas été difficile de le jeter à l'eau à l'extérieur du domaine : il n'y avait pas loin à aller. Mme Tchou, quoique trop fardée, était tout à fait digne de susciter la concupiscence d'un voyageur de commerce longtemps éloigné de chez lui. Au reste, la pudeur n'était pas la qualité la plus prisée dans ce logis.

Mme Tchou ne disait plus un mot. Elle semblait tourmentée par une inquiétude lancinante. Hormis son mari, qui en profitait pour boire comme une baleine, tous paraissaient étrangement déconcertés par cette nouvelle.

L'ambiance n'étant plus au concert, le juge Ti se retira dans ses appartements. Il convenait de réfléchir aux conclusions de son petit éclat. La robe de Mme Tchou attestait peu ou prou que le marchand de soie était passé par là. Mais elle pouvait aussi avoir été achetée lors d'un précédent voyage du représentant. Était-elle sa maîtresse ? Auquel cas M. Tchou devenait le premier suspect. Mais cette femme aurait-elle porté la robe de son amant défunt ? Elle pouvait aussi être restée dans l'ignorance de son destin tragique. Ou bien avait-elle changé d'attitude, à l'annonce de sa mort, simplement parce qu'elle l'avait connu intimement ? Si l'on voulait incriminer ces Tchou, il était indispensable d'accumuler des preuves irréfutables. Or, qu'en resterait-il après un ou deux mois d'inondation et les ravages d'une épidémie ?

Il en était là de ses raisonnements lorsque des coups frappés à la porte de sa chambre le tirèrent de sa méditation. La servante entra, suivie du jardinier, qui portait un gros cahier relié de cuir. Il le déposa sur une table tandis que la vieille femme annonçait sur le ton d'un crieur public :

– Mes maîtres prient l'honorable magistrat de bien vouloir accepter cet humble présent en souvenir de son séjour chez eux.

Ils s'inclinèrent profondément et se retirèrent. Resté seul, le juge Ti ouvrit le cahier. C'était un recueil de peintures anciennes, une splendide œuvre d'art, extrêmement coûteuse. Ce petit cadeau évoquait une tentative de corruption caractérisée. Si l'on acceptait d'envisager leur culpabilité, le message était : « Prenez ce que vous voulez et allez au diable ! »

– Après l'huile de ricin, le miel ! commenta le juge Ti en parcourant d'un œil distrait les jolis paysages stylisés, somptueusement présentés.

Ils lui avaient fait porter l'un des joyaux de leur bibliothèque. On ne pouvait imaginer manière plus élégante de lui signifier son congé. Voilà qui épiçait encore cette partie de go. Il décida d'accepter provisoirement le présent... et de rester dans ce château jusqu'au moment où il aurait élucidé l'énigme ; c'était là le seul véritable présent qu'il attendait de ses généreux hôtes.

V

Une statue se met à parler ; le juge Ti découvre une famille encore plus déconcertante.

Cette nuit encore, le juge Ti chercha en vain le sommeil. Les algues verdâtres ne passaient pas. Il entama une petite promenade digestive dans les galeries qui entouraient la maison. La nuit était fraîche et vivifiante. Le doux clapotis de l'eau avait quelque chose de reposant. Comme il ne pleuvait pas, il descendit les marches du perron pour faire quelques pas sur les allées sablées traversant le jardin, à l'arrière du bâtiment. Il discernait dans la lumière d'une lune opaque les ombres des arbres majestueux, doucement agités par le vent. L'atmosphère, sur cette île au milieu du lac, était magique. On pouvait croire qu'une femme-renarde ou quelque petit démon velu et cornu allait se glisser entre deux buissons aussi naturellement qu'une belette : sa présence n'aurait pas été incongrue dans cet univers à part, dont les liens avec la réalité triviale avaient été coupés depuis des temps immémoriaux. L'île était un navire louvoyant entre deux mondes. N'était-ce pas le royaume d'une déesse ? Ceux qui l'habitaient n'en étaient-ils pas davantage les gardiens que les propriétaires ? Le juge Ti sentit qu'il aurait pu, lui aussi, se fondre dans l'ambiance particulière du lieu et y laisser s'écouler sa vie à lire de la poésie dans la bibliothèque, entre les estampes anciennes et les œuvres d'art, sans plus se préoccuper de la société des hommes, de ses crimes et de ses misères sans fond. À cet instant, il enviait sincèrement les Tchou et leur placide existence qui se fichait des règles communes aux autres mortels.

Tout à ses pensées, il atteignit les abords d'une pagode au bout du parc, surplombant les roseaux. Elle était à demi cachée par les saules, dont les longues branches effleuraient la face de l'eau. Il entendit alors une voix, sans saisir ce qu'elle disait. Ces sons doux et chantants appartenaient à une femme. En s'approchant, il découvrit, à travers les colonnes rouges du petit édifice, une scène étrange et fascinante. Un homme qui lui tournait le dos se tenait à genoux devant une statue monumentale de la déesse à queue de poisson, dont le revêtement doré scintillait à la lueur d'une lanterne posée sur le sol.

« M'as-tu bien comprise ? » demanda la voix féminine, teintée d'un accent sépulcral.

– Oui, puissante déesse, répondit tout bas la voix du majordome, à l'émotion perceptible. Je t'obéirai en tout point. Pardonne-moi si je t'ai offensée. Je suis ton serviteur très humble et très fidèle.

Et il fit le kao-téou, ainsi qu'il était d'usage au tribunal : trois fois il frappa le sol de son front en signe de soumission absolue. Le juge s'attendit presque à voir bouger les lèvres de la statue lorsque la voix reprit :

« Bien. Puisque tu te montres sage, je vais te récompenser. Tes vœux les plus chers seront exaucés. Vois et reçois ! »

Quelque chose de lumineux, aux reflets jaunes, tomba en tournoyant tout autour de l'adorateur agenouillé. Le juge Ti réprima de justesse un cri de surprise. Une pluie d'or, véritable nuage doré, descendait du ciel comme une bénédiction palpable. Le phénomène se prolongea durant une minute environ. Le juge crut avoir rêvé. Mais le majordome, interdit, se tenait bel et bien au centre d'un dallage parsemé de fines paillettes d'or. La poussière lumineuse brillait sur son vêtement, sur ses cheveux, sur ses mains.

– Merci, merci ! répéta-t-il en frappant de nouveau le sol avec son front.

Puis, sans prendre la peine de ramasser cette manne qui venait de s'ouvrir sur lui, il quitta la pagode, le dos voûté, la tête basse, comme un homme qui vient d'être écrasé par une révélation céleste, sans cesser de murmurer des invocations ou des prières, et disparut entre les arbres, en direction du château.

L'obscurité revint sur la pagode. Le juge Ti demeura quelques instants sans pouvoir faire un geste. On y voyait trop mal pour pouvoir examiner les lieux. Il remit ses recherches au lendemain matin et retourna se coucher, moins disposé que jamais à trouver le sommeil.

À son réveil, il constata que la pluie avait repris son interminable litanie.

– Votre Excellence a-t-elle bien dormi ? demanda Hong Liang en écartant les rideaux du lit.

Le juge Ti s'étonna lui-même d'avoir réussi à s'endormir. La scène à laquelle il avait assisté lui revint à l'esprit. Il se demanda si tout cela avait été autre chose qu'un rêve suscité par la pénible digestion d'un dîner dégoûtant.

Dès qu'il eut englouti sa collation, il s'habilla chaudement, se munit d'une toile cirée et retourna à la pagode. Les allées étaient à présent boueuses. Après avoir pataugé au hasard sous l'averse, il retrouva enfin le joli pavillon, qui, sous la pluie, avait l'air beaucoup plus sinistre que dans la nuit noire.

Une fois à l'intérieur, il vit que la statue, en revanche, était tout aussi grandiose à la lumière du jour. Elle était de dimensions majestueuses. La peinture dorée dont elle était recouverte donnait la parfaite illusion de l'or massif, c'était un très beau travail d'orfèvre. Les yeux étaient incrustés de jade et de pierres précieuses ; les dents, apparentes à travers le sourire de ses lèvres en or rose, étaient taillées dans un ivoire immaculé. Ses cheveux, tombant sur ses seins en poire, étaient liés par un cordon de corail écarlate, et ses mains, aux doigts d'une extrême finesse, s'ouvraient en un signe de bénédiction d'un côté, offrant une sorte de grosse perle argentée de l'autre, symbole de chance et d'aisance. Aucun objet, dans la demeure des Tchou, n'approchait la perfection et l'originalité de cette figure votive. La déesse régnait bien sur l'île et sur le lac. Elle était l'essence, l'axe et la raison d'être de cette famille, de cette maison. À contempler ce mélange de richesse et de sérénité, on avait en effet l'impression que rien de mauvais ne pourrait se produire tant qu'elle veillerait sur le domaine, et que ce dernier disparaîtrait au jour de sa déchéance, puisque rien ne saurait être éternel en ce monde, même les effigies monumentales des déités au sourire céleste.

Le dallage était impeccable. Soit quelqu'un avait pris la peine de balayer très soigneusement la pluie d'or, soit celle-ci n'avait existé que dans l'imagination du rêveur. Pourtant, en examinant avec attention les angles de la pièce, le juge Ti eut la satisfaction de découvrir quelques fines traces de poussière dorée, perdues dans une rainure entre deux dalles. La scène avait donc bien eu lieu. Il s'appuya un moment à la rambarde de la pagode pour regarder le lac, que la pluie criblait d'une infinité de piqûres argentées, le pendant poétique de la pluie d'or.

Que s'était-il passé ? De quoi avait-il été le témoin ? Ses fermes convictions confucéennes, si elles ne le cantonnaient pas dans un pragmatisme étroit, s'accommodaient mal de la vision d'une femme-poisson répandant des bienfaits tangibles sur un admirateur agenouillé. Il examina de plus près la statue. N'était-il pas possible de se glisser à l'intérieur pour lui conférer l'illusion du langage ? Il y avait un interstice entre le fond de la pagode et le dos de l'effigie. Le juge Ti passa la main pour vérifier si elle était creuse ou pleine. Elle était pleine. Mais il sentit que la surface, au lieu d'être polie comme le côté visible, était rayée, rugueuse. Il retira sa main et constata qu'elle était couverte de poussière dorée. À y regarder de plus près, il ne s'agissait pas de poussière dorée... mais bien de poussière d'or !

Malgré la pluie, il quitta la pagode à la recherche d'un outil. Ayant trouvé un bâton fin et solide sur le bord du chemin, il l'introduisit dans l'interstice et frotta le dos de la déesse. De fines particules d'or tombèrent au sol. La tête lui tourna : la couche d'or était bien plus épaisse qu'une simple feuille. La statue n'était pas peinte en or : elle était en or massif ! Il était en présence d'une énorme fortune en forme de statue. Ce seul objet représentait de quoi entretenir une famille princière pendant plus d'un siècle. Ces Tchou étaient bien plus riches qu'il ne l'avait imaginé. En fait, ils étaient plus riches que quiconque dans leur contrée ne s'en doutait ! La bénédiction de la déesse ne semblait pas connaître de limites.

Lorsqu'il fut revenu de son ébahissement, il comprit de quelle manière la pluie d'or avait été conçue. On avait gratté le dos de la statue de la même manière qu'il venait de le faire, mais avec un objet métallique, ce qui avait permis de réunir en peu de temps de quoi opérer ce joli tour de passe-passe. Il avait suffi de jeter petit à petit les paillettes sur le majordome. Le plafond de la pagode était traversé de larges poutres décorées. Un simple système de ficelles pouvait permettre à une seule personne de déclencher le phénomène. Ou bien un enfant, pelotonné sur l'une des poutres, pouvait se livrer à cette farce encore plus aisément.

De deux choses l'une : soit, durant cette nuit bizarre, on s'était joué du majordome en exploitant sa crédulité ; mais dans quel but ? Soit tout cela n'avait été qu'une mise en scène à son usage à lui, magistrat indiscret, pour lui apprendre à fourrer son nez dans ce qui ne le regardait pas. Au demeurant, cette conjecture n'était rien comparée à la découverte que les Tchou étaient assis sur un tas d'or dont ils ne faisaient rien, ou presque. Ils vivaient comme si la mémoire de ce trésor s'était perdue d'une génération à l'autre. Le vieux M. Tchou était-il devenu sénile avant d'avoir pu transmettre le secret ? Les inondations de Tch'ouan-Go étaient décidément une source inépuisable d'interrogations et de phénomènes mystérieux.

Un bruit de course dans la boue attira l'attention de l'enquêteur.

– Votre Excellence va attraper la mort ! cria le sergent Hong en accourant sous la pluie, une ombrelle à la main.

– Ne t'inquiète pas, répondit son maître. J'avais emporté une toile cirée.

– Puis-je faire humblement remarquer à Votre Excellence qu'elle est à demi trempée ? dit le sergent en pénétrant dans la pagode. M. Tchou vous fait demander si vous voulez bien lui faire l'honneur d'un déjeuner en tête à tête. Il vous attend dans sa bibliothèque.

Le juge Ti était fort curieux de voir quels ouvrages avaient été réunis par cette famille en quelques décennies d'oisiveté.

– J'accepte bien volontiers, répondit-il. Ne le faisons pas attendre.

Ils rentrèrent au château, le sergent Hong abritant son maître de son ombrelle, au risque d'être lui-même mouillé.

Bien qu'ayant pris le temps de se changer, le juge Ti pénétra le premier dans la bibliothèque. Livres et rouleaux s'entassaient sur des rayonnages laqués de noir montant jusqu'au plafond. Mais le plus impressionnant était l'abondante collection de calligraphies de maîtres, dont l'amoncellement couvrait deux des quatre murs, de haut jusqu'en bas. Le juge Ti, bien qu'assez peu versé dans cet art sublime, admira quelques poèmes stylisés avec une subtilité exquise, parfois rehaussés d'un oiseau, d'une fleur ou d'une cascade à l'encre noire.

– C'est joli, n'est-ce pas ? dit une voix derrière son dos.

S'il avait pensé que les Tchou vivaient depuis toujours dans la simplicité qu'il leur avait connue ces derniers jours, leur hôte s'était lourdement trompé. M. Tchou était vêtu d'une magnifique robe de soie ocre, rehaussée de fils d'or, qui n'aurait pas déparé une cérémonie d'apparat au temple de la Félicité publique. Il avait voulu faire honneur à son invité, ou l'impressionner. Une certaine exaltation fit supposer au magistrat que ce lampion vivant avait commencé à arroser le déjeuner sans attendre les premiers plats.

Tchou le pria de prendre un siège, se laissa lui-même tomber dans un fauteuil et lui offrit une coupe de vin tiédi. Le juge Ti préféra s'en tenir au thé, mais vit avec déception qu'il n'était pas suivi dans son exemple.

La politesse interdisait à M. Tchou de faire allusion au présent qu'il avait fait porter à son invité, mais elle faisait obligation à ce dernier de le mentionner au bout de quelques phrases pour remercier ou pour refuser. À la façon dont M. Tchou parlait de la pluie et de son beau jardin, le juge devina qu'il était anxieux de connaître la réponse. Il décida de mettre fin à ses interrogations :

– Je vous remercie infiniment pour le cahier de dessins que vous avez eu la bonté de me faire porter, dit-il. C'est une superbe œuvre d'art.

Une phrase du type « Je suis indigne d'un tel présent » aurait exprimé un refus catégorique. Ti ne l'avait pas prononcée. M. Tchou en fut soulagé.

– Cela vous permettra de vous souvenir avec plaisir de votre trop bref passage chez nous, lorsque vous aurez pris votre poste à Pou-Yang, ce qui, avec l'aide du ciel, ne saurait tarder...

– Certes, répondit le juge Ti, qui avait fort bien saisi le message. Jamais je n'oublierai les quelques jours, ou *quelques semaines*, pendant lesquels j'aurai pu goûter les charmes délicieux de votre délicate hospitalité.

L'expression de M. Tchou se rembrunit. La repartie n'était pas à la hauteur de son investissement. Il se demandait s'il n'avait pas dépensé en vain le capital accumulé par ses ancêtres, ou s'il convenait d'en rajouter une couche.

– Ces estampes sont-elles à votre goût ? demanda-t-il avec une amabilité appuyée. Peut-être préférez-vous les bibelots ?

Le juge Ti se demanda si, par « bibelots », il entendait l'une des coûteuses statuettes en ivoire, l'une des céramiques anciennes, l'un des vases de bronze, l'une des ravissantes peintures qui décoraient chaque pouce de la demeure. Lui suffirait-il de faire son choix, s'il laissait entendre qu'il comptait boucler ses coffres et s'en aller sans plus attendre ? Il eut la certitude qu'on était prêt à faire monter les enchères pour le voir déguerpir, et que le prix de son départ n'importait guère. Il resta évasif.

– Le moindre des objets de votre maison aurait trop d'éclat pour ma propre demeure, répondit-il. Le seul véritable trésor à ma portée...

Son interlocuteur tendit l'oreille.

– ... c'est le plaisir de séjourner chez vous.

M. Tchou s'inclina poliment, bien que ces amabilités fussent loin de faire son compte. Il aurait préféré entendre son hôte annoncer son départ, quitte à remplir sa jonque de porcelaines fines. Il y avait donc des choses que les plus grandes richesses ne pouvaient procurer ! Ce magistrat était une plaie. On ne pouvait tout de même pas mettre à la porte un si haut personnage... Cette seule idée le faisait frémir. Il existait dans l'Empire du Milieu un principe impossible à transgresser, malgré le crime, le vol, le mensonge et l'ignominie : c'était le sens des convenances et de la hiérarchie. M. Tchou se demanda combien de temps encore il parviendrait à conserver son calme, à présenter à ce juge des enfers un visage serein de maître de maison chez qui rien de contraire aux lois n'arrivait jamais. Il frappa dans ses mains. Le jardinier et la servante entrèrent, les bras chargés de plats, et remplirent leurs coupes, ce qui permit à M. Tchou de vider d'un trait la sienne, qui n'était effectivement pas la première de la matinée.

C'était l'occasion pour l'enquêteur d'aborder les sujets intéressants.

– Puis-je vous demander d'où votre brillante famille tient sa fortune ? dit-il en découvrant des sortes de mollusques tapis au fond du bol qu'on avait déposé devant lui.

– Eh bien, dit M. Tchou en se resservant à boire, précisément, c'est une fortune de famille.

– Oui ? fit le juge, peu disposé à se contenter de cette formule.

« Tiens, se dit-il. Ce ne sont pas des mollusques. Encore des algues ? De la salade cuite ? » C'était mou et salé au goût.

– Mes ancêtres ont su gérer leur domaine avec sagesse, reprit Tchou. Ils l'ont accru par d'avantageux mariages successifs.

« Sûrement une sorte de navet bouilli avec quelque épice inconnue, pensa le juge Ti en mâchonnant un minuscule carré à la saveur plus surprenante que désagréable. Ou bien des champignons baveux ? »

– Mme Tchou est issue d'une des meilleures familles de la région, certainement ? déclara-t-il sans croire un seul mot de ce qu'il disait.

– En effet ! s'empressa de dire son commensal. Elle est alliée à toute la noblesse de notre localité, comme son infinie distinction l'indique.

Ils n'avaient pas la même idée de la distinction. Le juge Ti était frappé de voir à quel point son interlocuteur restait obstinément à la surface des choses, comme s'il fallait à tout prix éviter d'entrer dans les détails, comme si toute précision sur ce domaine, sur sa lignée, était proscrite. Et puis il buvait comme le dragon aux huit estomacs de la fable. Sa femme n'était plus là pour le freiner. C'en devenait embarrassant. Le juge Ti s'extasia sur la collection de calligraphies.

– Vous pratiquez sans doute vous-même ? demanda-t-il.

– Pas du tout, répondit son hôte. C'était la collection de feu mon grand-père. Moi, je m'intéresse plutôt à la littérature.

Le jardinier arriva tout à coup, essoufflé. Il murmura quelque chose à l'oreille de son maître, qui répondit d'une voix contrariée :

– Envoie Song. Qu'il s'en occupe. C'est de son ressort. Qu'est-ce que j'y peux ?

Une inquiétude passa dans ses yeux. Il sembla se souvenir qu'il n'était pas seul. Après un regard vers le juge Ti, il ajouta sur un ton plus ferme :

– Ne me dérange plus. Va !

Puis, comme si cette interruption l'avait bousculé, il se lança tout à trac dans son sujet de monologue favori. Il se mit à parler de galopades sur les montagnes, au milieu d'une nature féerique et enchanteresse. Ce lyrisme inattendu évoqua vaguement quelque chose au juge Ti, bien qu'il fût dans l'instant incapable de mettre un nom sur sa réminiscence.

Enfin, à l'issue d'une de ces courses effrénées sur des collines imaginaires, le cavalier s'absorba en silence dans sa transe poétique. Au bout de peu de temps, son menton tomba sur sa poitrine : son invité constata qu'il dormait. Sa poitrine exhala un ronflement de plus en plus puissant. Le vin avait eu raison de lui. Le juge Ti, chez qui les quantités équivalentes de thé qu'il avait absorbées produisaient l'effet inverse, le laissa cuver ses libations et se retira sans bruit.

Alors qu'il regagnait ses appartements, il entendit le son d'une conversation polie sur le perron. Il vit de loin le majordome s'incliner. Le bonze du temple de la Félicité publique fit de même et s'éloigna à petits pas dans l'allée. Ti se hâta de le rejoindre.

– Noble Juge ! dit le bonze en se retournant. Voilà au moins une personne dans cette maison qui n'est pas touchée par ces sinistres fièvres !

– Les fièvres ? s'étonna le magistrat.

– Eh bien oui ! J'avais sollicité une entrevue avec maître Tchou, mais on m'a répondu qu'il était alité. Rien de grave, à ce qu'il paraît ? En ces temps d'épidémie, il faut être prudent. J'en serai quitte pour revenir dans quelques jours.

Le juge Ti devina que le bonze était moins inquiet de la santé des Tchou que de la présence chez eux d'un concurrent, vrai motif de sa visite. Il était dévoré de curiosité et tenait absolument à savoir de quoi il retournait, quitte à pousser sa barque jusqu'au domaine autant de fois que nécessaire.

– Certes, M. Tchou est un peu souffrant, répondit le juge. Quand je l'ai quitté, il se reposait de ses peines.

– C'est bien ce que j'avais compris. S'il s'en remet à n'importe quel moine charlatan pour veiller sur son bien-être, je comprends qu'il se porte mal. J'espère qu'il viendra prochainement au temple remercier le Bouddha de sa guérison. Je prierai en ce sens. Dites-le-lui. Le majordome Song n'a pas été très coopératif. Je crains que cette maison ne soit tombée dans des excès de religion peu salutaires.

Le juge Ti était bien d'accord avec lui sur ce point.

Le bonze le salua avec une tristesse exagérée et reprit son chemin vers le portail.

Le juge fut surpris qu'on eût osé mentir à un saint homme. Puis il se dit que Tchou avait deviné sans peine le motif de la visite et n'avait pas voulu s'expliquer sur ses nouvelles orientations religieuses, une attitude parfaitement compréhensible. Les pratiques ascétiques adoptées par la famille s'accommodaient donc du mensonge par personnes interposées. Mauvaise cuisine d'un côté, menteries de l'autre... À choisir, il aurait préféré qu'on lui mente et que les repas soient bons.

Près d'un petit salon aux larges ouvertures donnant sur une cour intérieure plantée d'orchidées, il vit Mme Tchou, plongée dans la contemplation de ses fleurs, dont l'arrangement soigné témoignait d'une grande affection pour ces plantes aussi belles que fragiles. Le juge Ti toussota. Elle pivota doucement pour saluer l'invité :

– Votre Excellence me fera-t-elle l'honneur de partager une tasse de thé parfumé ?

Bien que déjà excité par la théière vidée en compagnie de son mari, le juge Ti saisit au vol cette première occasion d'un tête-à-tête avec la maîtresse de maison. Elle semblait mélancolique, presque absente. Il fut frappé par la propension de cette femme à se montrer différente d'un jour sur l'autre. Son caractère polymorphe n'avait pas de consistance. Elle paraissait à ce moment aussi tranquille, voire éthérée, qu'elle avait pu se montrer commune et exubérante durant les repas.

– Ces fleurs sont magnifiques, dit le magistrat avant de tremper ses lèvres dans sa tasse.

– Elles font ma fierté, répondit Mme Tchou. Leur contemplation me console de tout.

Le juge se dit qu'il s'agissait probablement d'une allusion au penchant de son mari pour les boissons fortes.

– Elles demandent beaucoup d'entretien, je suppose, répondit-il.

– Oh, oui ! Je m'en occupe avec un soin méticuleux.

Elle se pencha pour respirer une fleur particulièrement compliquée, hélas dénuée de toute fragrance, comme la plupart de ses congénères.

– Elle ne sent rien du tout, confirma Mme Tchou avec une pointe de tristesse.

Le juge Ti s'étonna qu'une femme habituée à cultiver les orchidées pût encore s'étonner de leur absence de senteur. Mme Tchou s'approcha d'une autre fleur et posa son nez dessus. Le magistrat eut un geste d'alerte :

– Ne les respirez pas de trop près ! prévint-il. Celle-ci sécrète une substance toxique.

– Vraiment ? dit Mme Tchou en s'écartant de la plante. Je les trouvais jolies, ces petites têtes blanches.

– Je suis féru de médecine, j'ai fait quelques études dans ce domaine ; c'est une passion utile, dans mon métier. Le buisson que vous venez de respirer permet de distiller une potion très efficace contre les maux de cœur. Mais à trop forte dose... cela devient risqué.

Mme Tchou resta pensive.

– La mort dans mon jardin privé, dit-elle. On croirait le vers d'un poème. Quelqu'un n'a-t-il pas écrit sur ce sujet ?

– Les plus belles fleurs sont les plus vénéneuses, répondit le juge Ti pour faire un mot. Je vous recommande de vous laver les mains après avoir touché celle-ci. On ne saurait être trop prudent.

Il avait à présent l'impression de se donner de fâcheux airs de vieillard moralisateur. Mais, aussi, cette jardinière amateur n'y connaissait rien. Avoir chez soi des essences dangereuses et n'en rien savoir !

– La beauté et la mort ne sont-elles pas deux sœurs jumelles ? dit-elle avec détachement.

Elle tenait à la main son couteau à tailler. Le juge Ti remarqua un superbe spécimen tacheté.

– Vous avez très bien réussi la panthère impériale, la félicita-t-il.

– Oui, je crois, répondit Mme Tchou.

Cela dit, elle approcha le couteau et coupa négligemment la plus belle fleur de son jardin pour la placer dans ses cheveux. Le juge haussa le sourcil, éberlué. C'était comme si son mari avait brûlé sous ses yeux le plus bel exemplaire de sa collection de calligraphies ! Son insouciance était miraculeuse ! Encore tout à sa stupéfaction, il s'inclina et s'éloigna.

Deux choses l'avaient frappé : si cette dame aimait autant ses fleurs qu'elle le prétendait, elle n'aurait pas sacrifié la plus rare d'entre elles, la somptueuse et délicate panthère impériale, pour une demi-journée de coquetterie. D'autre part, c'était l'unique tige coupée du massif. Mme Tchou n'avait donc pas l'habitude d'en user ainsi avec ses fleurs. Il fallait qu'un événement grave se fût produit pour modifier le comportement de cette femme au point de lui faire détruire sans y penser ce qui faisait jusque-là son orgueil. Mme Tchou devait être extrêmement perturbée. Qu'est-ce qui avait bien pu provoquer ce changement ?

Dans une autre aile de la maison, le juge Ti eut l'oreille attirée par des pépiements. Une grande cage en bambou était dressée au milieu d'une assez vaste pièce lumineuse. Mlle Tchou était en train de donner des graines aux oiseaux. Elle s'inclina profondément à son approche.

– Me ferez-vous l'honneur ? dit-elle en désignant une théière qui fumait sur une table basse.

C'était la journée du thé. Il se résigna à le goûter une troisième fois en compagnie de Mlle Tchou. Les sujets de conversation avec une jeune fille de la bonne société n'étaient pas légion.

– Quel âge avez-vous, mon enfant ? demanda-t-il sur un ton de grand aîné bienveillant.

– J'ai seize ans, Noble Juge, répondit-elle en baissant les yeux avec une réserve un peu outrée.

« Elle paraît davantage, songea le juge. Eh bien, voilà une petite fille qu'il faudrait songer à marier bientôt, ou elle se fanera comme les orchidées dans les cheveux de sa mère. »

– Parle-t-on de vos fiançailles ?

– Oh, je ne crois pas, répondit-elle avec de nouveaux déploiements de timidité juvénile censés exprimer une éducation à la sévérité de bon aloi. Mes parents ne parlent pas de ces choses-là. Et je n'ose pas le leur demander.

« La petite rouée », se dit le juge. Une longue pratique des interrogatoires au tribunal lui faisait apprécier en connaisseur l'aplomb avec lequel cette péronnelle cachait son jeu.

– Je vous en prie, dit-il en reposant sa tasse. Continuez de nourrir vos oiseaux. Ne vous dérangez pas pour moi.

– Ils sont tellement gentils, dit la jeune fille. Je suis la seule à m'occuper d'eux. Sans moi, ils mourraient de faim et de tristesse.

Le juge Ti avisa un petit cadavre près de la porte grillagée.

– Apparemment, il leur arrive quand même de mourir, dit-il.

Mlle Tchou alla retirer de la cage le corps sans vie d'une fauvette.

– Je ne sais pas ce qu'ils ont, dit-elle. Depuis quelque temps, ils ne se portent pas bien. Chaque jour, j'en trouve un mort. Ils dépérissent pour une raison inconnue. Je ne sais pas quoi faire. Vous y connaissez-vous en oiseaux ?

– Hélas non, répondit le juge. Les seuls êtres qu'il m'arrive de mettre en cage marchent sur deux pattes et ont beaucoup moins de charme. Vous devriez demander à votre mère. Si elle s'y connaît aussi bien en oisellerie qu'en jardinage, ses efforts devraient faire des merveilles.

Mlle Tchou ne répondit rien. Le juge s'apprêtait à prendre congé : le thé lui donnait des palpitations. Mlle Tchou se leva aussitôt et s'inclina.

Dans le corridor, il faillit se heurter au jardinier et eut la conviction que le jeune homme les avait espionnés. Le malheureux garçon faisait figure d'amoureux transi auquel tout espoir de mariage était refusé. Il était vrai qu'il avait reçu de substantielles compensations. Se pouvait-il que le représentant eût été l'amant de Mlle Tchou, plutôt que celui de sa mère ? Dans ce cas, ce jardinier indiscret faisait un très bon coupable... Le juge Ti rangea l'idée dans un coin de son esprit en se promettant d'étudier ce point ultérieurement.

Ces innombrables tasses de thé commençaient à provoquer chez lui une nervosité qui contredisait l'équilibre mental prôné par Confucius. Il éprouva le besoin d'aller respirer à l'air libre et s'en fut marcher dans le parc. Contemplant la surface de ce lac avec lequel les Tchou entretenaient de si intriguants rapports, il n'aurait été qu'à moitié surpris d'en voir sortir en pleine lumière la sirène aux cheveux dorés. Tout était envisageable dans cet endroit atypique.

Un peu plus loin de la demeure, de grands « plaf » attirèrent son attention sur une petite plage. Il vit le jeune Tchou, armé d'une épuisette, près de bacs flottants où étaient élevées les carpes malingres qu'on leur servait à table.

– Tu t'amuses, mon garçon ? dit-il.

– Oui, Noble Juge.

L'enfant lui expliqua son jeu et l'invita à y participer. Au moins, celui-ci ne lui offrait pas une tasse de thé. Il pêchait les poissons à l'épuisette pour ensuite les rejeter à l'eau. Ti s'étonna qu'on le laissât tourmenter ainsi l'élevage au risque de se noyer. Il eut l'impression que personne ne veillait sur ce gamin. D'ordinaire, l'héritier d'une vieille lignée chinoise était au contraire couvé comme le principal trésor de la maison. Il est vrai que cette famille ne veillait guère sur ses trésors.

– Ton grand-père ne joue pas avec toi ? demanda le magistrat en reculant pour n'être pas trop éclaboussé par les efforts enthousiastes du petit pêcheur.

– J'aimerais bien, mais il n'a pas le droit de sortir, cet après-midi. Il doit rester dans sa chambre pour se reposer.

– Ah, oui... dit le juge Ti. Mais il sort quelquefois... quand on lui ouvre la porte.

Il fit à l'enfant un clin d'œil. Celui-ci eut un petit rire.

– Il t'arrive de le libérer, n'est-ce pas ? Tu fais enrager tes parents...

– J'aime bien faire sortir le vieux monsieur, avouat-il. Je n'aime pas être tout le temps seul. Mais j'ai promis de ne plus le faire : ils m'ont dit que la prochaine fois je serais battu.

« Voilà au moins une question éclaircie », se dit le juge Ti en ébouriffant les cheveux du garçon. Puis il s'éloigna, parce que les éclaboussures devenaient franchement menaçantes pour sa robe de soie.

Il rentra au château avec lenteur, les mains croisées dans le dos, et dressa mentalement le bilan de son après-midi. Il était étonnant de constater à quel point ce qui était vivant dépérissait. C'était le signe d'un déséquilibre vital : cela pouvait tout à fait indiquer qu'une mort violente s'y était produite. Ces orchidées massacrées, ces oiseaux qui s'éteignaient de langueur les uns après les autres, ces poissons négligés, les enfants livrés à eux-mêmes, les œuvres d'art distribuées au premier venu, la statue en or grattée sans qu'on s'en inquiétât... Qu'est-ce que c'était que cette maison ? Tout allait à vau-l'eau, comme si rien n'avait plus d'importance. Comme si l'espoir était mort. Comme si l'avenir n'existait plus. Ce n'était plus une vie à l'écart du monde : c'était une mort lente et acceptée, une décadence consentie. Nul besoin d'inondation pour saper les fondements de ce domaine. À ce train-là, dans quelques mois, il ne resterait plus que des ruines sur le lac Tchou-An.

VI

Le juge Ti fait un rêve ; un nouveau décès se produit en ville.

À force de contempler la pluie depuis son lit, le juge Ti avait fini par s'endormir. Il se leva. Quelle heure pouvait-il être ? On n'avait pas osé le réveiller ; avait-il manqué le dîner ? Il vit que des plats avaient été déposés à son intention dans l'alcôve. Ce n'était pas plus mal : il était un peu fatigué des repas compassés avec les Tchou. Il trempa ses baguettes dans les produits contenus par les bols, qui ne lui parurent ni meilleurs ni pires que d'habitude : sans doute commençait-il à s'habituer ; les facultés d'adaptation de l'être humain étaient une inépuisable source d'émerveillement. Puis il se recoucha avec un livre de poésies emprunté à la bibliothèque de son hôte.

Il fit cette nuit-là un rêve ambigu. La déesse du lac émettait un chant mélodieux pour attirer les hommes sur ses berges. Puis elle se changeait en un monstre dont la gueule béante engloutissait les imprudents mélomanes. Le juge Ti émergea en sursaut de son cauchemar. Voilà que ce château ne le laissait plus en repos, même dans ses songes ! Il eut l'impression que le curieux téméraire, c'était lui, et que ce monstre qui l'avalait n'était autre que le mystère impénétrable de cette maison. Au bout de quelques instants, lorsqu'il eut repris ses esprits et retrouvé son calme, il entendit un bruit suspect à l'extérieur.

Il enfila rapidement son manteau et son bonnet et sortit scruter la nuit sur la promenade couverte. Il ne pleuvait plus. Une légère brume éclairée par la lune planait sur le lac, lui conférant une atmosphère fantomatique. Le juge Ti entendit alors la voix enchanteresse de son rêve. Une femme psalmodiait doucement. Ce chant venait indubitablement de l'eau. Comment était-ce possible ? Qui était assez fou pour s'en aller faire de la barque à une heure si tardive, dans l'humidité glacée, entre les lotus et les grenouilles ?

Il se crut soudain transporté dans son rêve. Une forme perça la brume, d'abord diffuse, puis terriblement nette. La déesse de la pagode flottait sur les eaux. Elle avait la peau dorée. Ses longs cheveux dissimulaient ses seins. Elle était montée sur un poisson géant qui l'emportait doucement. Tout à coup, une myriade de lucioles s'illumina autour d'elle. C'étaient à n'en pas douter les âmes des Tchou défunts, qui continuaient à la servir après leur trépas. Le juge Ti espéra qu'elle n'allait pas se changer en monstre comme dans son rêve. Mais rien de tel n'advint. En revanche, un homme descendit bel et bien sur la rive. Le juge Ti devina la silhouette du majordome Song, décidément une proie de prédilection pour la divinité. La déesse, sans interrompre sa mélodie, tendit en sa direction une grosse perle argentée, pareille à celle de la pagode. Au bord de l'eau, l'ombre masculine se tenait immobile, comme hypnotisée par ce spectacle. Enfin, le poisson disparut dans le brouillard. Peu après, le chant s'atténua jusqu'à devenir imperceptible, peut-être parce que la chanteuse avait rejoint les rivages d'un monde auquel les mortels n'avaient pas accès.

Le magistrat s'inquiéta de voir ce que faisait le domestique. Il le vit disparaître entre les massifs de camélias. Cette fois, le juge voulut savoir à quoi rimait tout cela. Il courut à sa poursuite. Mais Song, habitué aux méandres du parc, le sema, sans peut-être seulement se rendre compte qu'il était suivi.

Le juge s'en retournait vers le château à travers les buissons qui lui griffaient les mains, quand un objet brillant attira son regard sur le sol. Il se baissa : c'était un lingot d'or ! Il ne suffisait plus aux Tchou de posséder des statues en or massif, il leur fallait à présent paver leurs allées de ce métal précieux, en planter dans leur parc pour voir si cela poussait – et sans doute cela poussait-il effectivement ! Cette maison débordait d'or, elle le crachait par tous ses orifices, elle en était intoxiquée.

Incapable de rentrer se coucher, il marcha jusqu'à la pagode, son lingot à la main. De nouveau, une ombre fugitive passa dans le lointain. Il voulut partir à sa poursuite, mais dérapa dans la boue du chemin et s'étala de tout son long dans la fange poisseuse. Il recommençait à pleuvoir. On n'y voyait plus rien. Le juge gravit les marches du petit temple et s'assit sur le sol, étourdi de ce qu'il avait vu autant que de sa chute. La lune transparut un bref instant entre deux nuages. Un éclat argenté frappa son regard. Il se leva et s'approcha de la statue. La perle d'argent, celle-là même que l'apparition avait promenée sur le lac, était à présent entre les doigts de la déesse, comme si c'était son effigie elle-même qui était montée sur le poisson géant pour visiter son domaine. À mieux y regarder, le juge vit sur le sol quelques éclats d'or. Il balaya de la main le dallage à l'aveuglette. Sa paume moite portait trois petites paillettes dorées. Il comprit que quelqu'un s'était joué de lui une seconde fois. La perle avait été descellée et replacée : on en avait fait l'accessoire d'une habile démonstration. Il en fut heureux pour sa raison. Pourtant la magie de la vision l'habitait encore. C'était le spectacle le plus étrange auquel il lui avait été donné d'assister.

« Jour faste ! », se dit-il au petit matin. On venait de lui servir, en guise de collation, des galettes à l'huile de la plus pure banalité, comme on pouvait en acheter au coin de chaque rue. Rien qui bougeât ou qui puât : c'était un prodige. Il se sentit d'excellente humeur, la journée s'annonçait sous les meilleurs auspices. La pêche aux indices serait-elle aussi bonne ?

Le sergent Hong lui annonça que le capitaine de la jonque leur avait envoyé l'un de ses marins : cet homme insatiable réclamait encore des sapèques pour ses travaux. L'émissaire attendait devant la maison qu'on eût ponctionné sa proie. La journée n'était pas si prometteuse que cela.

– Qu'en penses-tu ? demanda le juge à son serviteur. Ils sont en train de rebâtir ce navire à mes frais, ne crois-tu pas ?

Hong Liang était allé en ville la veille au soir. Il y avait fête à l'auberge. Les marins passaient plus de temps à s'enivrer en galante compagnie qu'à reclouer les planches de leur rafiot. En réalité, l'état de la rivière ne les incitait guère à travailler. Que la jonque fût réparée ou non, il était encore trop tôt pour reprendre la navigation, le départ n'était pas pour demain.

Le juge Ti comprit qu'on le prenait pour un niais. Il fit répondre au capitaine qu'il donnerait ce qu'il faudrait une fois les réparations terminées et lorsqu'on s'apprêterait à embarquer. Plus rien pour boire à sa santé, voilà qui allait les motiver davantage que la persistance des crues ! Mais il ne put s'empêcher de regretter sa propre sagesse, qui risquait de l'éloigner de ce château magique et de son intrigant secret.

Le reste de la matinée se passa à lire des récits historiques et à errer à travers la belle demeure presque vide. Le juge était habitué à être surchargé de travail, entre la gestion des affaires courantes et les dossiers de justice à instruire. Une seule enquête à la fois, c'était pour lui presque de l'oisiveté. Il alla rendre l'ouvrage emprunté la veille, impatient d'en choisir un autre.

Au fil du temps, la maison était de moins en moins bien tenue : tout se délitait. Les fleurs se fanaient dans leurs vases et nul ne s'inquiétait de les changer. Autant dire que les domestiques, qui ne semblaient pas accablés par le labeur en dehors de la préparation des calamiteux repas, n'entretenaient rien. En tout cas, ils ne se souciaient guère de la propreté. Le juge Ti passa un doigt sur les rayonnages : une couche de poussière déjà bien épaisse s'y était déposée. La vieille servante s'empiffrait toute la journée : elle hantait les couloirs en mâchonnant. Le majordome disparaissait, quand il ne rôdait pas dans le parc à faire Dieu sait quoi. On pouvait parcourir la demeure sans rencontrer le moine ni le jardinier. Le juge comprenait à présent comment les Tchou avaient pu si facilement se priver de leurs autres valets. En tant que châtelains, leur nonchalance était incroyable.

Le gong sonna l'heure du déjeuner. Le juge Ti soupira et referma son livre en se disant que chaque plaisir avait sa pénitence.

Mme Tchou avait encore changé de personnalité. Ce n'était plus la délicate botaniste du jardin aux orchidées. C'était une matrone maquillée avec ostentation, résolue à porter tous ses bijoux en même temps, à la manière de ces arbres votifs, chargés d'offrandes les plus voyantes possibles.

– Ne souffrez-vous pas trop de l'humidité ? demanda-t-elle aimablement à son convive.

– La pluie m'offre le plaisir de séjourner chez vous, je l'en remercie chaque jour, répondit le juge Ti sur le même ton.

– Oh, mais elle ne saurait durer, dit Mme Tchou. C'est bientôt la fête de la perle.

Le magistrat demanda quelle était cette fête, dont il n'avait jamais entendu parler. Le père de famille lui expliqua qu'il s'agissait d'une très ancienne coutume locale. Par tradition, il faisait beau ce jour-là, aussi mauvais le temps eût-il pu être auparavant. Aussi la population attendait-elle cette cérémonie avec impatience, surtout cette année. De toute façon, l'on partirait en procession sur le fleuve quoi qu'il arrivât. Il était impensable de ne pas s'y consacrer, quelles que fussent les humeurs de la rivière. Les barques célébreraient la fertilité du fleuve à travers le symbole de la perle d'argent, et la jonque des Tchou serait comme toujours la plus belle, la plus vaste, la plus ornée. Une perle en pierre argentée serait jetée au milieu de l'eau : ce geste symbolisait la gratitude des habitants, qui rendaient à la déesse un peu des bontés qu'elle avait eues pour eux au long de l'année.

– Jolie coutume, répondit le juge Ti en se demandant si cette histoire de perle avait un lien avec la scène dont il avait été témoin la nuit précédente.

– Il n'y aura pas de fête ! dit une voix chevrotante depuis le seuil. Plus jamais de fête ! La perle est flétrie ! La déesse sera furieuse !

À la tête que firent ses hôtes, le juge supposa que le vieux M. Tchou s'était encore échappé de sa chambre. Le majordome apparut sur ses talons. Il se pencha sur son maître pour lui parler à l'oreille, mais le juge Ti entendit assez distinctement ce qu'il lui disait :

– Je pense qu'une personne ici s'amuse à lui ouvrir...

Le jeune Tchou ne levait pas les yeux de son bol de riz. Il ne fallait pas être grand clerc pour deviner à qui étaient destinées ces accusations. Le garnement avait dû déverrouiller la porte une fois de plus pour céder aux supplications de son aïeul et navrer tous les autres.

À la grande surprise du magistrat, M. Tchou ne put réprimer un mouvement d'irritation. Il s'empourpra et prévint son fils qu'il fallait mettre un terme à ses déplorables facéties. Pour la première fois, il voyait cet homme flasque, au caractère informe, faire usage de son autorité paternelle. Le juge estima que ce n'était pas à bon escient : on ne pouvait que louer la compassion du jeune garçon, qui n'avait fait qu'obéir à la volonté de son vénérable grand-père en débloquant la serrure. Quelle idée que de tenir ce vieillard enfermé six jours par semaine, pour lui faire courir les rues le septième ! Comment un enfant pouvait-il comprendre pareil paradoxe, qui échappait même à l'esprit aiguisé du magistrat ?

Lorsqu'il eut fini son repas, le juge Ti prit congé. Il n'avait pas encore tourné l'angle du corridor qu'il percevait dans son dos les éclats de voix d'une explication très vive entre les trois générations de Tchou.

Il alla s'allonger un moment dans sa chambre pour rêver au son du vent balayant les ajoncs. Son repos fut de courte durée. Hong Liang vint le prévenir qu'un villageois l'attendait sur le perron : un malheur s'était produit en ville.

– Que se passe-t-il encore ? demanda le juge avec une mauvaise humeur née de sa sieste interrompue. Moi qui comptais profiter de cette halte pour me reposer ! Je vais finir par croire qu'il y a plus de travail pour un magistrat dans cette petite bourgade que dans la grosse ville d'où je viens !

– Le bonze est mort, Noble Juge ! expliqua Hong Liang. On l'a retrouvé noyé dans la cour du temple.

– Passe-moi mon manteau, vite ! répondit son maître, subitement réveillé. Je tiens à être l'un des premiers sur les lieux !

Il se rendit en hâte à la porte du domaine, où l'attendait une barque, et atteignit le centre de la petite ville en un temps record. Une dizaine de personnes aux mines catastrophées l'attendaient à l'intérieur du sanctuaire de la Félicité publique. On avait déposé le cadavre sur une table devant l'autel.

– Qu'est-ce que c'est que ça ? s'étonna-t-il. Qui s'est permis de déplacer le corps ?

Les villageois expliquèrent qu'ils avaient cru nécessaire à la dignité du défunt de le sortir de l'eau.

– Ne savez-vous pas que c'est formellement interdit par la loi ? les gronda le juge. Remettez-le immédiatement là où vous l'avez trouvé !

Quatre hommes saisirent la dépouille avec répugnance et l'emportèrent en hâte à l'arrière du bâtiment, suivis par le magistrat. Arrivés dans la cour intérieure complètement inondée, ils s'arrêtèrent, hésitants.

– Allez ! leur intima le juge. Où était-il ?

– Ici, dit l'un.

Le juge fit un signe sans appel. Les quatre hommes laissèrent le corps choir dans l'eau avec un sinistre bruit de plongeon. Il flottait à présent près du dallage, la face contre le sol. Le juge jeta un regard circulaire. Comment diable ce bonze avait-il fait pour se noyer dans sa propre cour, un lieu qu'il connaissait par cœur ? Il emprunta la canne d'un vieil homme et la trempa dans l'eau. Elle n'était pas profonde d'une coudée. Autant dire qu'il s'était noyé dans une bassine. Il aurait fallu être soûl pour parvenir à un si lamentable résultat.

– Votre bonze avait-il l'habitude de boire de façon exagérée ? demanda-t-il.

Les villageois assurèrent qu'il n'en était rien. Le bonze s'en tenait strictement à la digne sobriété réclamée par sa fonction. On n'avait rien de tel à lui reprocher. Son seul petit péché était la gourmandise, comme son embonpoint le laissait deviner. Personne ne s'expliquait un si malheureux accident. Il fallait qu'il eût connu un malaise et se fût effondré dans l'eau sans pouvoir se relever.

Le juge fit extraire une seconde fois le cadavre de son bain pour l'examiner. Il n'était pas rouge ou violacé comme un homme victime d'un malaise cardiaque. Il ne portait nulle trace de coups. Au moins n'avait-il pas été assommé, contrairement au représentant en soie. On ne l'avait pas non plus étranglé : le cou était net. En revanche, son visage n'exprimait pas la sérénité de celui qui s'apprête à entamer une nouvelle et brillante étape de son karma. Un rictus de dégoût se lisait sur ses traits. Sa mort n'avait pas dû être agréable. Cette grimace faisait naître quelques doutes sur la nature du décès.

L'un des villageois s'avança, embarrassé :

– Votre Excellence désire-t-elle voir le médecin ?

– Oui. Qu'on le fasse venir.

Tandis qu'on allait chercher l'homme de l'art, le magistrat examina l'appartement privé du bonze, attenant au temple et donnant sur la cour. La table était encore dressée pour le déjeuner. Il nota que le religieux n'avait pas terminé son dernier repas. Certains bols étaient vides, d'autres pleins. Le dîneur s'était levé en plein milieu pour aller se noyer à deux pas de là ! Il n'y avait en cela aucune logique. S'il avait été endormi et que l'eau fût montée subitement, on aurait pu croire qu'il s'était laissé surprendre. Mais tel n'était pas le cas. Il avait interrompu sa collation pour aller choir dans l'eau, en contrebas d'où il était, et se noyer pour ainsi dire dans une tasse de thé. Cela pouvait-il être un suicide ? Provoqué par la peur que les Tchou lui suppriment leurs subsides ? Il était un peu tôt pour se laisser aller à un tel désespoir. Le bonze, la dernière fois qu'il l'avait vu, avait davantage l'air agacé, contrarié, que las ou déprimé. Au contraire, il était déterminé à lutter contre l'intrus avec toute la force de sa foi en la supériorité de la Félicité publique sur les aventuriers opportunistes.

Le médecin pénétra dans l'arrière-salle du temple. Il arborait un visage beaucoup moins présomptueux que la première fois.

– Votre Excellence m'a fait appeler ? demanda-t-il. Se pourrait-il que ma misérable personne lui fût d'une quelconque utilité ?

Le juge Ti désigna le corps inerte et trempé, allongé sur le dallage, au bord de l'eau.

– Je vous prie d'ausculter cet individu, répondit-il. J'aimerais surtout connaître l'heure approximative du décès et sa cause, si cela est dans vos cordes.

Le médecin parut quelque peu déconcerté devant la dépouille du bonze qui gisait à ses pieds, mais il se comporta en homme habitué à contempler des chairs sans vie.

– Très bien, Noble Juge, répondit-il en ouvrant sa trousse à ustensiles.

Ti nota avec satisfaction qu'il se montrait plus respectueux à présent qu'il avait en face de lui un magistrat : finies les petites remarques acerbes sur les morts qui n'ont pas de quoi s'offrir ses éminents services.

Le médecin fut troublé lui aussi par l'aspect du défunt :

– Pour l'heure de la mort, elle est proche, très proche, assura-t-il. À peine une heure ou deux, dirais-je. Ce malheureux n'a guère séjourné dans l'eau plus de quelques minutes. L'élasticité de la peau est normale et l'œil n'est pas vitreux.

Un villageois fit signe qu'il souhaitait dire quelque chose. Le juge lui donna la parole.

– Si je peux me permettre, le bonze n'est pas resté seul très longtemps. Le valet de l'auberge lui a apporté son déjeuner, et la servante du temple l'a trouvé comme vous l'avez vu, une heure après, environ.

– Bien, dit le juge. Et pour la cause du décès ?

– Je l'ignore, reconnut le praticien. Ce n'est pas la noyade. Il n'a pas été frappé. Cela ressemble à un malaise pulmonaire ou cérébral.

– Ce religieux était-il suivi par vous pour des troubles de cet ordre ?

– Aucunement Noble Juge. Il se portait très bien, pour autant que je le sache. D'ailleurs tous mes patients se portent bien. C'est à cela qu'on reconnaît un bon médecin. Seuls mes mauvais confrères ont des patients malades. Tous les miens me sont reconnaissants de préserver leur bonne santé par mes soins vigilants. Si j'avais diagnostiqué ce genre de problème chez le bonze, je l'en aurais guéri, soyez-en sûr. D'ailleurs, si Votre Excellence veut bien me faire l'honneur d'une consultation, j'aurai plaisir à lui confirmer son éclatante santé...

Le juge Ti leva la main pour couper court à ce plaidoyer publicitaire.

– Seriez-vous en mesure d'établir si ce religieux a pu ingurgiter une dose de poison peu avant son décès ?

Le médecin répondit qu'il allait essayer. Il sortit de sa trousse une fiole et se mit en devoir d'administrer au mort un lavement buccal, pour voir si son appareil digestif contenait un produit suspect ou du sang. Il força le cadavre à avaler le liquide en appuyant sur l'abdomen. Puis il l'assit comme une poupée et le plia en deux pour le faire recracher. Le bonze rendit, non pas des litres d'eau, mais l'exacte quantité qu'on lui avait fait ingurgiter, teintée de rouge.

Les villageois reculèrent d'un pas. Le médecin s'essuya les mains. Sa figure portait un sourire de triomphe.

– De cette expérience, Noble Juge, nous pouvons déduire deux enseignements. Un : notre homme ne s'est pas noyé, son estomac ne contient pas assez d'eau. Deux : il a ingéré peu avant son décès une substance qui a irrité son appareil digestif au point de provoquer des saignements, ce que la cuisine de notre aubergiste ne peut justifier à elle seule.

– Vous voulez dire qu'il a été empoisonné ? précisa le juge.

Le médecin acquiesça du menton :

– Votre sagacité n'a d'égale que votre lucidité,

Noble Juge, répondit-il avec une amabilité non dénuée de contentement de soi. C'est typiquement ce que nous appelons, dans notre jargon professionnel, un empoisonnement.

– Un meurtre, dans notre petite ville ? dit l'un des villageois d'un air sombre. C'est inquiétant.

– Oui, surtout si c'est le deuxième en une semaine, corrigea le juge.

Une expression de vive surprise se peignit sur les traits du médecin.

– Dois-je comprendre que Votre Excellence soupçonne la mort du représentant en soie de n'être pas non plus accidentelle ?

– Je fais plus que soupçonner. Et ce nouveau décès me conforterait dans mon opinion s'il en était besoin.

Il retourna dans l'appartement du bonze, resta un long moment immobile devant la table, qui l'obsédait, et renifla les aliments. Rien de suspect, mais certains bols avaient été vidés Les faits étaient clairement établis : l'assassin, après avoir empoisonné le religieux, par exemple en déposant une offrande de victuailles à son intention, avait escamoté le mets piégé et jeté le corps dans la cour inondée pour faire croire à un accident.

– Quelqu'un a-t-il vu quelque chose d'inhabituel ? demanda-t-il à la cantonade. Savez-vous si le saint homme devait déjeuner en compagnie, aujourd'hui ?

Personne n'en savait rien, n'avait rien noté ni rien vu. « C'est la ville des sourds et des aveugles », se dit le magistrat. L'eau omniprésente avait tout recouvert d'une ouate où le tueur se déplaçait sans être remarqué. On n'avait d'yeux que pour le niveau de la rivière. Ces gens auraient laissé leurs femmes se faire éventrer dans la pièce voisine sans s'en apercevoir.

Ayant pris congé du médecin, il rentra au château en

méditant sur ce nouveau meurtre. Pouvait-on considérer le moine-cuisinier comme un suspect possible ? Voilà que ses interrogations le ramenaient une fois encore à la maison des Tchou ! La mort rôdait décidément autour de cette famille. Elle s'était établie dans les parages du château, elle fauchait autour du beau domaine vénéneux. Il était persuadé de loger dans son antre.

Le meurtre du bonze avait-il un lien avec sa visite de la veille ? Se pouvait-il que le moine employé aux cuisines, soucieux de conserver une place intéressante, eût expédié son concurrent dans l'autre monde ? Il en avait à la fois le mobile et le moyen. Le religieux avait-il découvert quelque secret quant à l'origine, au passé du prédicateur itinérant ? Il convenait d'avoir au plus vite une conversation avec ce dernier.

Le gros moine était précisément dans son royaume, occupé à assommer les anguilles du dîner, au vif dégoût de son visiteur. Ce n'était pas que l'anguille lui répugnât en tant que plat, mais après les avoir vues tuées l'appétit se ressentait du spectacle. « Eh bien, elle ne va pas être facile, ma digestion », se dit le juge. Il complimenta le cuisinier pour le mettre à l'aise :

– J'ai tenu à venir vous féliciter pour les efforts d'imagination que vous déployez dans la confection de nos repas, déclara-t-il en se disant qu'il était décidément très doué pour la perfidie. Vous comptez nous préparer de l'anguille fumée, je vois ?

– Non, répondit le moine sans cesser de taper sur ses bêtes : marinée dans du vinaigre, avec du miel et une bonne lampée d'alcool. C'est plus fin.

Le juge Ti aurait préféré ignorer ces détails. Réprimant un haut-le-cœur, il reprit le cours de ses assauts diplomatiques :

– Votre tâche ne doit pas être commode tous les jours, avec cette inondation ?

– Oh, répondit le moine, je fais comme d'habitude. Les maîtres ont des goûts très simples. Ils ne sont pas amateurs de plats compliqués.

« J'avais remarqué », se dit le juge en approuvant avec une gravité consommée.

– Comment se fait-il qu'un ascète de votre dignité ne soit pas dans une communauté de haut rang ?

Saveur de Paradis, tel était son nom de religion, expliqua qu'il avait désiré quitter le monastère pour prêcher la bonne parole sur les routes. Il avait vécu de la charité, s'attachant à qui voulait de lui, pour finalement aboutir par un miracle de la providence dans cette famille admirable chez laquelle il s'était employé plusieurs mois plus tôt.

Le juge Ti était certain que sa communauté l'avait fichu dehors. Il lui posa la question qui lui brûlait les lèvres :

– Puis-je vous demander si le type de cuisine que vous avez la bonté de nous prodiguer participe de la pratique religieuse ?

Saveur de Paradis répondit avec un doigt de fierté que, point du tout, il avait toujours mangé comme cela, et là d'où il venait on trouvait cela très bon. Telle était d'ailleurs, dans son esprit, la raison de cette insistance du juge à évoquer ses prouesses ; mais quant à lui extorquer ses petits secrets, on pouvait toujours courir.

Le juge réforma son opinion. Les Tchou avaient dû se méprendre et croire que cela constituait une sorte de pénitence trois fois par jour.

– Envisagez-vous de reprendre la route ? s'enquit-il avec un faible espoir.

– Oh, non ! répondit le moine dans un cri du cœur. Si Bouddha le veut, je resterai chez ces braves gens tant qu'ils souhaiteront ma présence.

Il n'avait pas l'air pressé de retrouver son exaltante vie d'errance et de mendicité. Nombre de moines itinérants prétendaient avoir choisi cette existence pénible par contrition, alors qu'ils s'étaient tout bonnement fait chasser du monastère pour indiscipline ou pour d'autres vices, dont la forfanterie n'était pas le moins répandu. Le juge insista :

– Mais si les circonstances faisaient qu'ils décidaient de se passer de vos services ?

« Par exemple s'ils décidaient de manger des préparations de qualité », pensa-t-il.

Le moine répondit avec une moue de désagrément que le Bouddha enseignait la résignation : il avait été pauvre, il saurait l'être de nouveau.

Cela sentait son discours convenu. On lisait sur son visage qu'il ne croyait pas que cela arriverait. Il était vissé à sa table de cuisine. Il avait la mine d'un moine certain d'être tiré d'affaire pour le reste de ses jours. Le décès du religieux avait-il un rapport avec cette certitude ?

– Savez-vous que le bonze du temple de la Félicité publique vient d'être assassiné ? demanda le magistrat comme s'il lui demandait la couleur du ciel.

Saveur de Paradis poussa un cri, lâcha ses anguilles, renversa un tabouret et tomba sur les fesses.

– Votre Excellence se moque d'un pauvre moine inculte et naïf ! protesta-t-il. Ce n'est pas bien !

– Vous l'ignoriez, apparemment, dit le juge, qui lui voyait sa première expression sincère depuis le début de leur conversation.

– Est-ce vrai ? reprit le moine. Un bonze assassiné ?

La déchéance de ce monde ne connaît plus de bornes ! J'ai parcouru à pied la moitié de cet empire, j'ai été attaqué par des voleurs, et jamais on n'a osé attenter à ma vie en aucune façon ! Des coups, oui, cela aide à la contrition, j'en ai rendu aussi. Mais un meurtre !

– C'est peut-être que vous n'aviez aucun secret à protéger, insinua son interlocuteur.

Le religieux ouvrit de grands yeux. Il scruta un moment le visage du fonctionnaire. Comme ce dernier ne disait plus rien, le moine reprit haleine. Il semblait très affecté.

– Ceux qui ont commis cette infamie se réincarneront en cloportes puants ! rugit-il. Leur karma est gâché pour leurs vingt prochaines existences ! Je crache sur eux !

Et il cracha par terre, ce qui n'était pas gracieux dans une cuisine. Le juge Ti en conçut quelque inquiétude quant à l'hygiène que leur cuistot pouvait consacrer à la préparation des plats. En quittant la pièce, il trouva dans le corridor la famille Tchou au grand complet, attirée par les couinements de son cuisinier.

– Est-il exact qu'il s'est produit un drame en ville ? demanda le maître de maison.

Le juge les mit au courant du meurtre en deux mots. À cette nouvelle, les Tchou firent grise mine, « Il est donc possible d'entamer leur détachement envers les faits extérieurs », se dit leur invité. Le béguinage se fissurait.

VII

Le vieux Tchou fait des siennes ; sa petite-fille propose au juge Ti un marché inattendu.

En passant dans le couloir desservant l'appartement de l'aîné des Tchou, le juge Ti vit avec étonnement la porte grande ouverte. C'était la première fois, La curiosité le poussa à entrer. « Après tout, ce monsieur a peut-être eu un malaise », se dit-il pour justifier son indiscrétion. La pièce était couverte de figures morbides, tracées sur les murs. Le vieil homme, qui possédait un don macabre pour le dessin, avait imaginé des silhouettes de démons griffus et de spectres blafards. Hormis cela, l'endroit était vide de toute âme.

Comme cela se produit en général lorsqu'on visite un lieu interdit, il fut dérangé par l'arrivée d'un gêneur en la personne de l'accorte Mlle Tchou.

– Où est-il ? demanda-t-elle en regardant autour d'elle. Où est-il encore passé ?

– Je crains fort que votre grand-père n'ait pris la clé des champs sans en demander la permission, répondit le magistrat.

Cette nouvelle parut la contrarier beaucoup. Elle s'agita de façon fébrile, ouvrit deux ou trois portes, ce qui lui permit seulement d'arriver à la même conclusion que le juge.

– C'est une catastrophe ! dit-elle. Je dois prévenir mes parents !

Elle disparut dans le corridor en clamant : « Le vieux s'est échappé ! » La nouvelle provoqua chez les Tchou un affolement certain. « Ils ne sont pas habitués aux mauvaises nouvelles », pensa le juge. Il arriva dans le grand salon alors que le jeune garçon recevait une gifle de son père.

– Il faut prévenir Song, dit Mme Tchou.

– Surtout pas ! s'écria son mari.

Puis, se rappelant la présence du juge, il s'adressa à lui :

– Notre majordome aime tellement mon père ! Il s'inquiéterait trop. Mon cher géniteur est certainement en train de se promener dans le parc. Nous n'avons qu'à marcher à sa rencontre.

Ils s'en allèrent comme un seul homme fouiller les buissons. Le juge Ti se demanda s'ils craignaient de retrouver le corps dans une mare, comme celui du représentant ou celui du bonze. Se pouvait-il que le vieil homme eût été victime de cette ombre qui guettait les promeneurs solitaires pour les flanquer à l'eau ? Il semblait bien inoffensif, en dépit de ses prédictions pathétiques.

– Si vous le permettez, leur cria-t-il, je vais chercher de mon côté. Peut-être est-il en ville. J'ai mon idée sur l'endroit où il a pu se rendre.

– Oui, c'est cela, faites donc ! répondit son hôte. Vous êtes très aimable. Faites-nous prévenir si vous le trouvez. Nous enverrons quelqu'un le prendre.

Ils passaient de l'affolement à la nonchalance avec une rapidité déconcertante.

Grâce à un regard de chien battu très étudié, Hong Liang fit comprendre à son maître qu'il était fatigué. Aussi le jardinier fut-il requis à sa place pour pousser la barque. Le jeune homme vit le magistrat s'installer sur la banquette du passager pour se faire conduire au temple de la même manière qu'on indique sa direction à un tireur de pousse-pousse.

Au sanctuaire de la Félicité publique, le corps du bonze était exposé entre deux grandes chandelles votives, sous l'œil d'un Bouddha de bois au sourire craquelé. Il n'y avait là que trois vieilles femmes en prière, point de vieillard indigne. Ti appliqua son plan B. Il ordonna au jardinier de le conduire dans le quartier des saules, si bien que son convoyeur conserva tout au long du chemin un sourire plein de sous-entendus graveleux. L'idée du juge était d'aller voir si le vieil homme s'était rendu chez Bouton-de-Rose.

La femme-fleur était chez elle.

– Votre Excellence s'est décidée, finalement ! dit-elle en lui ouvrant sa porte. Vous avez raison : je fais des prix aux fonctionnaires.

Le juge Ti répondit qu'il aurait été honoré de compter au nombre de ses admirateurs, même à plein tarif, mais qu'il n'en avait pas le loisir. Pour l'heure, seul un renseignement motivait sa visite. Un simple coup d'œil lui suffit pour constater qu'il faisait encore fausse route. La dame lui affirma n'avoir pas vu son fidèle adorateur. En revanche, elle lui donna l'adresse de l'éternelle amoureuse chez qui M. Tchou se rendait chaque semaine, juste avant de passer chez elle, « les plats amers précédant toujours le dessert ».

Le magistrat la remercia et se hâta de s'en aller avant qu'elle ne lui fasse promettre de revenir bientôt pour un entretien plus intime à rabais consenti. « Bonne commerçante », pensa-t-il en reprenant place dans sa barque, sous l'œil du jardinier, étonné qu'il eût conclu si vite sa petite affaire.

À l'adresse indiquée, le juge eut la surprise d'être reçu par une nonne au crâne rasé. Elle portait la tunique et le pantalon gris sombre habituels aux religieuses. Il crut s'être trompé de logis et s'apprêtait déjà à devoir s'excuser lorsqu'il demanda si M. Tchou était là.

– Mais oui, il est bien ici, répondit la nonne. Qui le réclame ?

Le juge déclina son identité, tout en précisant qu'il était venu à la demande de la famille, inquiète de récupérer son cher vieillard. La nonne avoua qu'elle avait été elle-même fort surprise de le voir arriver. Surprise et charmée : elle rougit légèrement en ajoutant qu'elle avait vu dans cette visite inopinée le signe d'un retour de flamme. Pour l'heure, il se reposait dans l'une des chambres. Cette sortie inhabituelle l'avait d'autant plus fatigué qu'il avait dû pousser sa barque tout seul. Ti comprenait cela : cette fugue avait été un rude effort, bien que lui-même n'eût pas expérimenté cet exercice.

La nonne était une cousine éloignée des Tchou. Dans leur jeunesse, ils avaient été promis l'un à l'autre. Hélas, pour d'obscures raisons, l'union ne s'était pas faite, il s'était marié de son côté et elle était restée vieille fille. Au bout de quelques années de célibat, il lui avait paru plus décent de prendre l'habit. Une femme seule qui n'était ni à marier, ni épouse, ni veuve, n'avait guère que cette option-là pour trouver un statut social. Lorsque M. Tchou était devenu veuf, il s'était rapproché d'elle. « En tout bien tout honneur », prit-elle soin de préciser, bien que le juge n'eût pas douté un instant qu'il en fût autrement. Il connaissait les habitudes et les goûts du vieil homme en matière de gaudriole ; ceux-ci étaient fort éloignés d'une quelconque propension à lutiner des nonnes desséchées, recluses dans leurs regrets et dans la nostalgie d'événements non avenus.

Elle avait constaté, en recueillant son vieil ami, qu'il était complètement égaré. Le pauvre homme était à la recherche de sa famille !

– À la recherche de ses parents ? interpréta le juge Ti. Souvent, quand les vieilles personnes perdent la tête, elles s'étonnent que leurs père et mère défunts, ou même leurs grands-parents, ne soient plus dans la maison.

– Non, non, rectifia la nonne : il réclamait son fils, sa bru et ses petits-enfants, comme s'il ne les avait plus vus depuis des jours ! Vous imaginez mon désarroi.

– Il a perdu le peu d'esprit qui lui restait, conclut le juge. Il a déjeuné avec eux aujourd'hui même, j'étais là !

– Quelle tristesse, dit la nonne. Il n'y pas si longtemps, il faisait encore preuve de grandes capacités d'humour. C'était un homme intelligent, perspicace et souvent gai. Je vais me sentir bien seule quand il ne me reconnaîtra plus.

– On papote derrière mon dos ? lança le vieillard en entrant dans la pièce. On me laisse seul et on complote !

Le juge Ti se leva pour s'incliner. Il convenait d'orienter le vieillard vers un retour au château. Il lui prit doucement la main.

– Ne vous inquiétez pas, vénérable M. Tchou. Je vous emmène rejoindre votre fils et votre belle-fille, qui vous attendent avec impatience.

Le vieil homme retira sa main comme s'il l'avait posée sur une araignée.

– Assassin ! dit-il. Vous ne m'aurez pas si facilement !

– Voyons, Li-peng ! dit la nonne d'une voix indignée. Son Excellence s'est déplacée en personne pour vous accompagner ! Montrez-lui du respect, je vous en conjure.

– Je savais bien que j'aurais dû aller voir Bouton-de-Rose, dit le vieil homme. Elle ne m'aurait pas livré, elle.

Le visage de la nonne se décomposa.

– Qui est cette Bouton-de-Rose ? Non, ne répondez pas, je préfère ne pas le savoir. Allez-vous-en, maintenant. Vous ne méritez pas l'affection qu'on a pour vous !

– Vieille bigote imbécile ! Traîtresse ! lui lança le vieillard en se dirigeant vers la porte. On ne peut plus faire confiance à quiconque !

Le juge Ti se dit que le grand-père reprenait ses esprits sur certaines questions, bien qu'il les eût tout à fait perdus sur d'autres.

– Allons ! Au cercueil ! dit le vieux polisson en se laissant installer dans la barque. Vous aurez ma mort sur la conscience, vous.

Le juge salua la nonne, glacée, et fit signe au jardinier de ramer sans tarder. M. Tchou ne lâcha plus un mot de tout le trajet, figé dans un reproche muet.

– Puis-je me permettre de vous poser une question, dit le juge, assis en face de lui, comme ils approchaient du portail.

Le vieil homme ne répondit pas.

– Pour quelle raison vivez-vous dans cette petite ville de province, quand votre immense fortune vous permettrait de figurer parmi les premières familles de la capitale, de vous allier aux personnes du plus haut rang, de placer vos enfants dans la haute administration ou dans l'armée ? La modestie volontaire de votre lignée est aussi rare qu'inattendue.

Le vieil homme attendit quelques instants avant de répondre, en regardant l'eau :

– Notre fortune, ce n'est pas notre bonheur, c'est notre malédiction. Vous ne pouvez pas comprendre. Nous avons conclu un pacte. Nous ne sommes pas libres. L'argent n'est rien. C'est cet or qui nous ensevelira.

Le juge abattit sa dernière carte :

– Tout de même, cette statue monumentale en or massif... Quelle fortune !

Visiblement le vieil homme était au courant, car il ne cilla pas :

– Cela n'est rien, je vous l'ai dit. Vous en voulez à notre or, vous aussi ? Mais prenez tout et allez-vous-en ! Laissez-moi en repos ! Que vous avons-nous fait ? Assassin ! Assassin !

Il leva sa canne pour en frapper le juge. Le premier coup fut amorti par le bonnet fourré. Le juge bloqua le second en saisissant le bâton. Le vieux Tchou se débattit avec une telle rage que la barque se mit à tanguer dangereusement.

– Attention ! clama le jardinier. Nous allons chavirer !

La prédiction se réalisa dans la foulée. Le vieil irascible, le jeune homme et le juge se retrouvèrent à l'eau. La profondeur était faible : ils n'étaient que dans le lit de l'inondation, à patauger, trempés jusqu'aux os, l'eau leur arrivant aux genoux. Le moine et le majordome, qui les guettaient depuis le portail, se précipitèrent à leur secours. Le grand-père s'était calmé par un effet du bain glacé. Ils se hâtèrent de regagner l'intérieur pour se changer et se réchauffer.

– Par les douze Kamis, que s'est-il passé ? demanda Mme Tchou en les voyant entrer.

– Allume les braseros ! ordonna son mari à la vieille servante. Vraiment, père, vous n'êtes guère raisonnable ! Nous nous sommes fait un sang d'encre ! Voilà une heure que nous fouillons le parc !

– Ne m'adressez plus la parole, vous ! Assassins ! lâcha une dernière fois le vieil homme avant de se laisser emmener dans sa chambre par le majordome.

Ses enfants étaient atterrés de cette réaction. Un ange passa avant que M. Tchou retrouvât sa langue :

– Pardonnez-lui. Il ne sait plus ce qu'il dit.

Le juge répondit qu'il s'en était bien rendu compte. Après avoir reçu les remerciements d'usage pour avoir ramené le fugueur, il se rendit dans ses appartements, où Hong Liang lui avait préparé des vêtements secs.

– Je demanderais volontiers qu'on me fasse chauffer de quoi prendre un bain, si tout le monde n'était pas occupé.

– Pardonnez ma témérité, Noble Juge, dit le sergent Hong, mais Votre Excellence ne devrait-elle pas faire accélérer les travaux sur notre jonque, afin que nous puissions abréger ce séjour sans objet ? La rivière est à peu près praticable et on nous attend à Pou-yang. On va finir par s'inquiéter de votre absence.

– Nous tâcherons d'envoyer demain un message pour dire où nous sommes. Quant à notre halte ici, je ne pense pas qu'elle soit sans objet. C'est la divine providence qui nous a conduits ici, j'en suis de plus en plus persuadé.

Le sergent Hong pensa que son maître devenait bien fataliste avec l'âge.

Quand M. Tchou revit le juge, il le remercia une seconde fois d'avoir ramené son père.

– Nous avons pris des mesures énergiques pour qu'un tel accident ne se reproduise pas, dit-il en regardant son fils, dont les joues étaient toutes rouges.

L'ambiance, au dîner, fut effroyable. Mme Tchou pleurnichait dans ses manches. Son mari buvait plus que de coutume. Leur fille était murée dans un morne silence. Et la vieille servante, fâchée pour une obscure raison, lâchait les plats à une demi-coudée de la table, sur laquelle ils atterrissaient en éclaboussant autour d'eux.

« La bonne s'y met, à présent ! se lamenta le juge. Il va être difficile de la convaincre de s'intéresser à mon bain. » Il était dommage de gâcher ce repas doux-amer : pour une fois, il était presque bon. Le cuisinier avait oublié d'être répugnant.

– Vous avez là un superbe exemple de calligraphie, dit le juge, désignant au hasard un poème accroché au mur, dans le seul but de ranimer la conversation.

– Prenez-le ! s'exclama le maître de maison avant de vider une énième coupe d'alcool. Il est à vous ! Je vous en prie ! Vous nous faites honneur ! Ne vous gênez pas ! Tout ici est à vous !

Son épouse, un instant stupéfaite, se mit à sautiller sur sa chaise.

– Mon cœur, vous vous oubliez, dit-elle en posant la main sur le bras de son mari.

Celui-ci se dégagea avec rudesse pour se servir à boire. Ses enfants lui jetèrent des regards effarés, puis piquèrent du nez dans leur assiette, comme c'était devenu leur habitude.

– Veuillez avoir la bonté d'excuser mon époux, dit

Mme Tchou. Les récents événements l'ont bouleversé. Il est très fatigué.

– Je comprends fort bien, dit le juge Ti avec un sourire qui rassura son hôtesse. Puis-je demander quels événements précis ont provoqué ce bouleversement ?

Mme Tchou se raidit comme si une souris avait traversé sa belle nappe ouvragée au milieu des convives. Son mari vida sa coupe sans plus se soucier de ce qui se disait autour de lui.

– Mais, mais... bredouilla-t-elle. La disparition de son père... La montée des eaux... Tout cet ensemble d'accidents calamiteux...

Le juge Ti remarqua qu'elle ne mentionnait aucun des meurtres. On pouvait donc penser que c'était bien plutôt cela qui l'occupait, davantage que la fugue d'un vieillard coutumier du fait ou une inondation qui accablait tout le monde sauf eux.

– Je vois, dit-il sur un ton plein de mystère.

Mme Tchou marquait autant de stupeur que si un démon des enfers avait pris part à leur dîner. Deux plis sévères apparurent de part et d'autre de sa bouche, qu'elle n'ouvrit plus que pour ingurgiter de petits morceaux d'anguille qui semblaient avoir du mal à passer.

Revenu dans sa chambre, le juge Ti se concentra sur les éléments du puzzle. Une même personne avait éliminé le représentant et le bonze, très certainement. Bien que l'un eût été assommé et l'autre empoisonné, les crimes avaient un point commun frappant : la volonté qu'on avait de les faire passer pour des noyades accidentelles. C'étaient dans les deux cas des meurtres rendus possibles par la montée des eaux. Le juge Ti fut subitement persuadé qu'ils étaient intimement liés à l'inondation. Les deux hommes n'avaient pas été assassinés à la faveur de la crue, mais *à cause* de cette crue. Pour quelle raison, quel lien y avait-il entre eux, il l'ignorait encore, mais il aurait donné sa main droite à couper qu'il s'agissait d'une seule et même affaire. Et rien ne permettait de croire que « l'assassin de l'eau montante » allait s'en tenir là. Tant que la ville de Tch'ouan-Go serait inondée, elle connaîtrait le meurtre et la violence. En apparence, c'était l'endroit le plus paisible du monde, malgré son malheur. En réalité, une bête féroce y rôdait, prête à expédier tout gêneur dans l'au-delà sans autre forme de procès. Qu'avaient en commun le représentant et le moine ? L'un commerçait, l'autre quêtait. L'un voyageait, l'autre priait. Mais tous deux rendaient visite aux habitants. Ils allaient chez les gens. Ils savaient des choses, des détails sur la façon d'être de chacun dans son intimité. Tous deux avaient dû percer un secret qui leur avait été fatal. Or, le juge Ti ne connaissait rien d'aussi secret que la façon de vivre de ces Tchou, dans leur château, sur leur île, au milieu de leur lac, dans leur parc fermé, derrière leur portail qui protégeait il ne savait quelle turpitude digne qu'on tuât pour en préserver l'incognito.

Confortablement installé dans son lit, le juge Ti se plongea dans une sorte de petit roman, trouvé dans la bibliothèque de son hôte. Bien qu'il ne fût guère amateur de ce genre mineur de la littérature, puisque seules les histoires vraies et édifiantes pouvaient prétendre au statut d'œuvres d'art, cette pochade sans ambition correspondait parfaitement à son envie de délassement. Un grattement à la porte de la coursive le tira de sa lecture.

Ayant ouvert, il découvrit Mlle Tchou, les yeux

baissés comme il convenait à une jeune fille ; mais aucune jeune fille digne de ce nom n'aurait jamais songé à frapper à la porte d'un homme au début de la nuit. Elle releva la tête dans une attitude beaucoup moins conforme aux bonnes mœurs et lui demanda sans ambages s'il l'autorisait à entrer.

– Je n'ai pas peur, ajouta-t-elle comme il avait l'air d'hésiter. Je sais que Votre Excellence est un honnête homme et que ma vertu est aussi en sûreté ici que dans ma propre chambre.

Il y avait dans ses yeux une lueur un peu trop vive. Le juge Ti se dit que c'était plutôt à lui d'avoir peur, vu la nature fantasque de la demoiselle. Quant à sa vertu, lorsqu'on savait ce qu'elle était capable d'en faire dans sa chambre, on était en droit de se demander ce qu'il en resterait dans la chambre des autres !

Il s'écarta pour la laisser passer et jeta un œil à l'extérieur pour vérifier que personne ne l'avait suivie. Après tout, le reste de cette abominable famille pouvait très bien se tapir dans l'ombre sous l'impulsion de quelque idée malsaine ! De leur part, rien ne l'étonnait plus.

Mlle Tchou renifla comme une petite fille qui a de la peine. Le juge, compatissant, lui indiqua un siège. Elle délaissa le fauteuil et s'assit sur le lit ! Bien calée entre deux coussins, elle lui expliqua qu'elle venait de se disputer avec son frère à cause du grand-père. Le petit Tchou reprochait à sa sœur d'avoir annoncé à la ronde que le vieil homme s'était enfui, ce qui lui avait valu des réprimandes et même des coups, bien qu'il eût assuré n'y être pour rien cette fois. Le magistrat le croyait volontiers. C'était un enfant intelligent, il avait compris qu'un nouvel écart de ce genre serait impitoyablement puni.

Elle fit mine de réprimer un sanglot, puis se mit à tortiller un pan de sa tunique rose comme l'aurait fait une gamine intimidée. C'est cela qui était insupportable chez elle : cette perpétuelle hésitation entre la fillette et la catin. Il ne savait jamais sur quel pied danser. Elle lui faisait penser à ces statuettes à deux visages dont la tête tourne pour montrer alternativement le sourire d'une belle ingénue ou la grimace d'une sorcière.

– Je ne veux plus de cette vie morne, dit-elle. Mes parents ne pensent pas du tout à me marier, vous savez. Ils veulent me garder auprès d'eux. Je m'ennuie terriblement.

Il se contenta de la regarder en se demandant quelle horreur allait bien pouvoir sortir de cette jolie bouche. Cela ne tarda pas.

– Si Votre Excellence voulait bien m'emmener avec elle...

– Quand cela ?

– Au plus tôt.

– Où cela ?

– Où vous voudrez. Partons dès demain !

Un enlèvement ! Le juge Ti manqua tomber de sa chaise.

– Vous plaisantez, je suppose ?

– Jamais je ne rencontrerai chez nous un homme d'une éducation comparable à la vôtre. Nous n'avons ici que des paysans rustiques.

– Un enlèvement ? Vous n'y pensez pas !

Elle avait réponse à tout :

– Ma pudeur n'aurait pas à souffrir sous la protection d'un éminent magistrat.

« Oh, la petite effrontée ! », pensa-t-il.

– Du reste, si Votre Excellence estimait ma réputation

compromise... Elle n'aurait qu'à faire de moi l'une de ses épouses, ou même une concubine. Je ne suis pas difficile.

Elle ne l'était pas, en effet ! Devenir une épouse secondaire d'un homme assez âgé pour être son père ! Pire encore : n'être qu'une simple concubine ! Quelle chute pour l'héritière d'une telle dynastie, qui pourrait prétendre à n'importe quel noble parti de la région, pour le moins !

Le juge songea que si elle avait fait une proposition similaire au représentant, et que le jardinier l'avait appris, cela avait pu devenir le mobile d'un meurtre. Était-elle la maîtresse du marchand de soie, plutôt que sa mère ? Ou l'avaient-elles été toutes les deux ? Chacune, et particulièrement Mme Tchou, devenait alors suspecte de meurtre ! Une femme jalouse aurait-elle eu la force d'assener au malheureux le coup dont il avait constaté la trace à l'arrière de son crâne ? Puis de le traîner jusqu'à la crue ? Sans doute pas. Mais elle pouvait avoir reçu de l'aide.

Il repoussa poliment les avances de la demoiselle. L'enlèvement d'une vierge de la bonne société, même pour en faire sa concubine officielle, était une faute terriblement grave, dont sa position de magistrat aurait pâti. C'était un coup à se voir muter dans les régions glaciales du Nord, ou dans un bourg de montagne où l'on voit plus de yacks que d'administrés.

– Vous sentez bien, je crois, ce que votre projet a d'irréel, dit-il sur un ton de vieux conseiller plein de sagesse qui réprimande gentiment une gamine à l'imagination débordante. Vos parents porteraient plainte sur-le-champ, et ce serait la fin de ma réputation.

– Je ne crois pas que mes parents feraient cela,

répondit la jeune fille avec une assurance déplacée. Croyez-moi sur parole. Ils nous laisseraient en paix.

Le juge Ti en doutait. Par ailleurs, il avait déjà trois épouses attentionnées et six enfants qui le comblaient parfaitement.

– Tant pis, dit la demoiselle en se levant. J'aurai essayé. J'espère que ni vous ni moi n'aurons à regretter votre choix.

Le juge se demanda quelle sourde menace, quelle prédiction se cachait derrière ces paroles inquiétantes. Elle lui jeta un dernier regard de ses beaux yeux aux longs cils courbés avant de disparaître comme elle était venue. Il y avait donc dans la maison une sirène plus dangereuse que celle du lac.

VIII

Le juge Ti a une illumination ; le majordome adopte une étrange conduite.

Le juge Ti fit un nouveau rêve. Il était devant un beau paysage de collines et de forêts au feuillage noir. Les feuilles n'en étaient pas : c'étaient des idéogrammes tracés à l'encre et pendus aux branches, que le vent agitait doucement. Au lieu de bruire, ce curieux feuillage émettait le son correspondant à chaque idéogramme, dans une cacophonie sans queue ni tête. Les troncs eux-mêmes étaient des rouleaux de papier serrés par un cordon de soie. Puis le panorama rétrécit, comme si le rêveur s'en était éloigné à reculons. Le juge vit alors que le décor entier était posé sur un livre ouvert. Une mouche dansait sur les pages. À l'aide d'une loupe, il découvrit la figure de M. Tchou, qui sautait d'une colline à l'autre en déclamant avec un aplomb ridicule. Il se réveilla en sueur.

« Quel cauchemar ! », se dit-il en s'épongeant. La seconde suivante, il eut une illumination. Un texte lu durant ses études littéraires lui revenait en mémoire. Le petit jour éclairait déjà la maison d'une lumière laiteuse. Il passa une robe d'intérieur et se rendit dans la bibliothèque. Les rouleaux de littérature s'étageaient devant ses yeux. Il chercha le rayon du théâtre classique. Après avoir potassé les ouvrages pendant une heure, il poussa un cri de victoire. C'était cela. Le *Kiao-Gong-Mei*, l'épopée d'un héros à travers les montagnes, une pièce lyrique et imagée, connue pour ses splendides descriptions de paysages. La grande tirade du héros Pei Ming-fu : c'était cela que lui récitait M. Tchou depuis le début de son séjour, sans avoir pris la peine d'en préciser la référence. Voilà pourquoi il prenait ce ton emphatique. Il déclamait. Ce n'était pas, ou pas seulement, l'effet de l'alcool. Doté d'une mémoire remarquable, cet homme aimait à gratifier son entourage de son érudition. Quelle étonnante habitude ! Cet individu grossier, qui méprisait de manière honteuse la calligraphie de ses ancêtres, connaissait par cœur de longs passages d'une épopée que seuls quelques fins lettrés avaient lue. C'était décidément un être de surprises. Sans doute n'avait-il pas toujours été un alcoolique invétéré. Cette bouteille vivante recelait un vieux fond de culture insoupçonné.

Le juge Ti retourna à ses appartements par la promenade extérieure, avec lenteur, abîmé dans ses réflexions littéraires. Ces coursives abritées étaient une bénédiction pour le promeneur. Elles permettaient de prendre l'air à l'écart de la boue, côté parc, côté plage ou côté lac sans quitter la maison. La matinée avait avancé sans qu'il s'en rendît compte. Le soleil, ou ce qui en transparaissait à travers les nuages, était à présent bien haut sur l'horizon. Arrivé près d'un petit salon situé à l'extrémité opposée au perron, il entendit une personne parler fort, sur un ton impérieux, et reconnut la voix du majordome, très différente de son obséquiosité coutumière.

– Je ne suis pas content, pas content du tout ! disait le chef des serviteurs.

Qui pouvait-il gronder de la sorte ? La vieille servante ?

– Vous ne songez qu'à profiter. Quelle honte !

Décidément, il gourmandait la bonne.

– Enfin ! Ce n'est pas grand-chose que je vous demande !

Le juge Ti crut percevoir dans ces mots de l'ironie.

– Et ôtez-moi cet étalage de bijoux ! On dirait une poule de luxe ! Vous êtes vulgaire !

La servante avait-elle une passion cachée pour les colifichets ? Le portrait ne cadrait plus. Avait-il dit « poule de luxe » ? Cette expression lui évoquait quelqu'un d'autre. Pouvait-il s'adresser à Mme Tchou ? On n'aurait pas osé parler ainsi à la servante d'une gargote ! Ce Song rappelait au magistrat certains souteneurs dont il avait eu à s'occuper à Han-Yuan. Ils affectaient un mépris comparable pour leurs affidées. Cet homme semblait animé d'une colère froide et acide. Mme Tchou, si elle était dans la pièce, ne répondait rien. Peut-être parlait-il tout seul ? Le juge Ti avait déjà remarqué chez certains domestiques une propension à insulter leurs maîtres dans leur dos, pour se défouler. On lui avait rapporté des cas de caméristes qui s'en prenaient aux robes de leur maîtresse, à leur portrait ou à leur miroir.

– Comment faites-vous pour vous regarder en face ? Vous ne valez rien. Ah, si vous n'étiez protégée par la déesse ! Vous pouvez la remercier, croyez-moi ! Retirez-vous ! Vous m'énervez !

En risquant un œil par la fenêtre, le juge Ti eut la surprise de voir la maîtresse de maison quitter la pièce, la tête basse, l'air contrit et préoccupé. Comment cette dame pouvait-elle laisser son majordome la tancer sur ce ton ? Étaient-ils amants ? L'hypothèse d'un règlement de comptes amoureux avec le représentant se précisait. Mme Tchou avait pu avoir des faiblesses pour l'un et pour l'autre ; elle était à présent prisonnière de son secret honteux. Elle pouvait aussi avoir tué l'un de ses soupirants parce qu'il la menaçait d'un scandale... Le juge Ti se promit de lui tirer les vers du nez à la première occasion. Contrairement aux mœurs généralement répandues sous le règne des T'ang, l'adultère lui répugnait profondément et constituait à ses yeux une circonstance aggravante en cas de meurtre. Tout cela s'imbriquait assez bien : Tchou était un idiot inconscient des liaisons qui se nouaient sous son propre toit. L'alcool et la littérature étaient un refuge où il s'enfermait pour ne pas voir ce qui crevait les yeux. Ti poussa un profond soupir et reprit son chemin. Cette affaire n'était pas si compliquée, après tout. Jamais il n'aurait dû lui consacrer autant de temps. Il en avait déjà traité un grand nombre du même genre. Ces travers sexuels, ces turpitudes, davantage que les autres mauvais penchants de la nature humaine, ne suscitaient plus chez lui que dégoût et lassitude.

Ses pas le portèrent sans qu'il y prît garde à la salle où se trouvait la cage aux oiseaux. Mlle Tchou, face aux barreaux, examinait d'un air désolé un pinson mort qu'elle tenait dans ses mains.

– Encore un, dit-elle sans lever les yeux.

– Vous m'en voyez navré, répondit le juge Ti en se demandant si c'était bien à lui qu'elle croyait s'adresser.

Mais la jeune fille ne manifesta aucune surprise lorsqu'elle reprit :

– Je ne sais plus quoi faire. Ils ne m'aiment pas. Ils n'ont plus le goût de vivre. J'avais cru qu'avec le temps... Mais non. Ils s'en iront les uns après les autres. Autant qu'ils partent tout de suite !

D'un pas résolu, elle marcha à la fenêtre et l'ouvrit en grand. Puis elle fit de même avec la porte de la cage. Comme les oiseaux ne se hâtaient pas vers la sortie, elle saisit un éventail et en frappa les barreaux pour les inciter à déployer leurs ailes. Effrayés, énervés, ils passèrent l'ouverture et, guidés par le souffle d'air frais venu de l'extérieur, prirent leur envol vers le ciel, sans un adieu pour leur libératrice. Le juge Ti les regarda s'envoler. Mlle Tchou prit bien garde qu'aucun d'eux ne restât en arrière. Puis elle arracha les fines articulations de la porte grillagée :

– On n'enfermera plus personne dans cette prison. C'est fini. S'ils veulent mourir, qu'ils aillent le faire dans la forêt, en liberté. Comme j'aimerais être à leur place !

– D'autant que vos parents ne vont pas être contents, répondit le magistrat.

À l'expression de la jeune fille, il devina qu'elle s'en fichait.

– C'est dommage, reprit-il. Les oiseaux sont symbole d'harmonie. En les relâchant, vous abandonnez la recherche de la paix du foyer. C'est une erreur.

Son père entrait justement. Avisant la cage déserte, il dit seulement :

– Tiens ! Ils sont donc tous morts, cette fois ?

– Non, père, répondit la demoiselle. Je les ai libérés.

– Ah, fit M. Tchou. Comme tu voudras, mon enfant.

Et il quitta la pièce. « Eh bien, songea son invité, voilà le résultat d'une éducation laxiste. Je comprends mieux à présent pourquoi cette exaltée n'en fait qu'à sa tête. Son père s'en mordra les doigts avant qu'il soit longtemps ! » Il regagna ses appartements en se disant qu'à la place des volatiles il aurait quitté, lui aussi, cette maison de fous si mal tenue.

Le sergent Hong était en train de faire un peu de ménage.

– Si je devais compter sur la domesticité, bougonna-t-il, nous marcherions bientôt sur nos déchets ! Cette demeure est somptueuse, mais personne ne se soucie de la propreté. C'est navrant. Quand cette crue sera passée, il y aura du travail, c'est moi qui vous le dis ! Je serai content de ne pas être là pour voir ça !

Le magistrat se contenta de sourire et s'assit à une table pour ouvrir un livre.

– Connaissez-vous la nouvelle, Noble Juge ? reprit son serviteur, en mal de conversation. Il paraît que des pillards et des hordes de bandits ont été repérés dans les parages. Selon la rumeur, ils attaqueraient les voyageurs, surtout les paysans qui fuient le long des rives, profitant de ce que ces pauvres gens essayent de sauver leurs biens les plus précieux. Que fait l'armée ? J'espère qu'elle interviendra avant que ces bandits ne se rapprochent d'ici ! Ce ne sont pas nos villageois qui feront le poids en cas de mauvais coup.

Le juge Ti ouvrit une porte pour aller contempler le paysage. Lorsque le sergent Hong le rejoignit pour prendre ses ordres, le magistrat observait avec perplexité les piliers soutenant la promenade en surplomb du lac.

– Votre Excellence a remarqué, elle aussi ? dit Hong Liang.

On pouvait percevoir dans sa voix une trace d'angoisse.

– Elle monte, n'est-ce pas ? reprit le sergent. De

combien peut-elle monter sans que le château soit menacé ?

Il y avait encore deux ou trois coudées entre eux et la surface de l'eau. Les lotus, accrochés au fond par leur longue tige, commençaient à disparaître, entraînés par cette ancre naturelle : ils se noyaient. On aurait dit des naufragés dont les mains, les pétales, lançaient au ciel un adieu pathétique.

– Les fleurs nous quittent, dit le juge Ti. Les grenouilles seront tristes, ce soir. Leur chant sera teinté de mélancolie.

– Comme tout ici, commenta Hong Liang. Il n'aura pas échappé à Votre Excellence à quel point les éléments, et cette maison même, paraissent souffrir de cet événement fâcheux – je parle de la crue. C'est comme si la nature était en deuil.

– Plus précisément, répondit le magistrat, c'est ce domaine qui est en deuil. À l'extérieur, la nature se bat, elle résiste. Ici, elle se laisse sombrer. Comme si cette propriété était déjà morte et se laissait emporter par la force de l'eau venue balayer des restes inertes... Comme si ce flot était une tentative pour restaurer l'ordre immuable des choses. Je crois que ce parc n'était qu'une parenthèse en train de se refermer.

– Votre Excellence est bien philosophe, ce matin.

– C'est une réponse à l'inquiétude, répondit le juge. Certains s'angoissent, d'autres pleurent. Moi, je profère des sottises. Cela m'occupe l'esprit.

Le sergent Hong garda le silence. Il regrettait que sa propre éducation ne lui eût pas permis d'adopter un tel détachement. Habitué à traiter des problèmes concrets, il aurait volontiers échappé à la réalité de celui-ci.

Le magistrat prit son riz de midi en compagnie du maître de maison. La conversation roula sur la montée des eaux. Cela inquiétait moins encore M. Tchou que la propension de sa fille à relâcher des oiseaux précieux.

– Vraiment, j'admire votre force de caractère, dit le magistrat en songeant que l'alcool n'y était peut-être pas étranger. J'aimerais garder comme vous ce calme digne de notre maître Confucius.

Son commensal sourit.

– Je vous l'ai déjà dit : nous ne risquons rien. Il n'y en a plus pour longtemps. Chaque jour qui passe nous rapproche de la délivrance. Expliquez-lui, Song.

Le majordome, occupé à disposer les plats, s'adressa au juge Ti sur son ton le plus déférent, sans rapport avec celui qu'il avait employé à l'égard de sa maîtresse le matin même.

– Que Votre Excellence se rassure, dit-il. La décrue se produira avant la fête de la perle, pour que cette cérémonie puisse avoir lieu comme chaque année. Il en est toujours ainsi.

Il s'inclina et sortit avec les bols vides.

– Puisse le ciel vous entendre, dit le juge Ti en se versant, pour une fois, quelques gouttes d'alcool de riz, dont le parfum entêtant narguait ses narines depuis un bon moment.

Il employa sa promenade digestive à faire le tour de l'île en jetant aux berges des regards inquiets. Les saules avaient les pieds dans l'eau. On ne pouvait plus accéder aux bacs à poissons. Personne n'avait pris la peine de les laisser flotter, ils étaient noyés. On ne mangerait plus de carpes avant la saison prochaine : elles n'avaient pas eu plus de mal à nager par-dessus les filets que les oiseaux à franchir la fenêtre.

En rentrant vers le domaine, le promeneur croisa la vieille servante. À son air hagard, il crut qu'elle s'était mise à boire, elle aussi, il aurait juré que cette femme, d'ordinaire renfermée, venait de contempler la face radieuse du Bouddha, apparue entre ses fourneaux. Une expression extatique illuminait ses traits. Un peu de la lumière divine s'attardait sur son visage. Ce n'était plus la petite servante rabougrie, terne, ronchonneuse, aigrie : c'était une nonne au jour de sa vocation. Elle avait reçu l'appel, marchait au-dessus du sol ; elle était transfigurée.

– Eh bien, dit-il. On dirait que vous venez d'apprendre une bonne nouvelle.

La servante chut brutalement de son nuage. Une moue d'amertume revint par habitude sur sa bouche et balaya instantanément toute trace de la félicité qui l'avait éclairée. La nymphe joyeuse reprit sa posture de mégère. C'était de nouveau une petite personne peu aimable qui se tenait devant lui.

– Moi ? répondit-elle. Pas du tout. Quelle bonne nouvelle pourrais-je apprendre ? Ne suis-je pas une esclave, ici ?

Elle n'était pas en veine de convivialité. La voyant de près, le juge Ti la trouva burinée, ratatinée, en plus d'être mal embouchée. Mais l'occasion de l'interroger ne se représenterait peut-être pas. Il lui demanda depuis combien de temps elle servait ici.

Depuis toujours, grogna-t-elle. Je suis une pierre parmi les pierres.

À force d'insistance, il parvint à apprendre qu'elle venait en fait de la famille de Mme Tchou, qu'elle avait élevée. Comme c'était souvent le cas, au jour du mariage elle avait accompagné sa maîtresse dans sa nouvelle maison, pour que la jeune femme ne se sentît pas trop perdue. Les domestiques étaient en général le seul lien que les mariées conservaient avec leur ancienne existence. Le juge Ti suggéra que M. Tchou devait être très amoureux de sa femme pour n'avoir jamais pris d'épouse secondaire, ni même de concubine. La servante était moins positive.

– Il se laisse mener par le bout du nez, voulez-vous dire ! C'est un benêt. Il devrait taper du poing sur la table un peu plus souvent, cela ne ferait de mal à personne !

Le juge Ti fut frappé d'une telle insolence. C'en était trop, les limites de sa patience étaient atteintes. Il était trop pénétré du sentiment des différences sociales pour laisser passer pareille outrecuidance. Les Tchou étaient des imbéciles, au fond il était d'accord avec elle, mais ils appartenaient aux castes supérieures, comme lui. Ç'aurait été se mépriser soi-même que les laisser insulter devant lui par une inférieure.

– Comment osez-vous parler ainsi de vos bons maîtres ? s'indigna-t-il.

– Ah ! « Mes bons maîtres » ! ricana-t-elle. Ils ont la part belle, c'est sûr !

– Que voulez-vous dire ?

– Rien de plus que ce que je dis. Ils ont de la chance. Cela dit, j'en aurai bien un jour, moi aussi, de la chance. Et plus qu'eux !

Une idée vint à la vieille femme :

– À ce propos, Votre Seigneurie dispose probablement d'un bon bateau ?

Le juge répondit que celui sur lequel il était arrivé attendait toujours à quai de pouvoir repartir.

– Votre Seigneurie aura sans doute à bord une place pour une pauvre servante peu encombrante ?

Il s'étonna qu'elle songeât à quitter ses maîtres, dont le service n'avait pas l'air épuisant.

– Hélas, dit-elle, tous les plaisirs ont une fin. Il faut

bien que je pense un peu à moi. J'ai d'autres propositions, loin d'ici, très loin. Mais chut ! C'est un secret entre vous et moi. N'en pipez mot à quiconque. Permettez-moi d'embarquer avec vous, je vous en serai reconnaissante jusqu'à la fin de mes jours.

« Avec sa jeune maîtresse, c'est la deuxième à vouloir que je l'emmène ! songea-t-il. Quelle rage les prend toutes de vouloir fuir ce paradis ? » Le juge condescendit volontiers à la prévenir lorsque son navire appareillerait et promit de n'en « piper mot » à personne. Il était surtout intrigué par cette hâte soudaine à lâcher une maison dans laquelle elle avait servi durant tant d'années. C'était le genre de décision que l'on ne prenait guère à la légère, sur un coup de tête. Or, on aurait dit qu'elle fuyait une bâtisse en flammes. Encore, si l'épidémie avait frappé ! Mais le domaine des Tchou semblait protégé de tout. Elle prenait bien plus de risques en voguant de port en port sur une rivière déchaînée qu'en restant ici, même si la moitié de la ville avait été à l'article de la mort. Voilà que la folie des Tchou s'étendait au petit personnel ! Allait-il bientôt se mettre lui aussi à tenir des propos incohérents, à faire des choix stupides, à flanquer sa vie en l'air ? Y avait-il dans ces abords quelque marais répandant des fièvres insoupçonnables ? Le danger était aussi immatériel que les raisons au nom desquelles ces gens agissaient. Il se sentit déboussolé.

La servante s'inclina et reprit son chemin. Elle n'avait pas recouvré son air radieux, mais des pensées plaisantes semblaient s'agiter derrière son front ridé.

Cet état d'esprit ne dura pas, néanmoins. La servante ne parut pas au dîner. Comme Ti s'en inquiétait, le jardinier lui répondit qu'elle souffrait d'un mal de tête tenace et l'avait prié d'assurer seul le service. Le juge en conclut qu'elle s'était plutôt débarrassée de la corvée pour se consacrer à des activités plus réjouissantes, vu son humeur de l'après-midi.

Il en eut la confirmation un peu plus tard dans la soirée. Il prenait le frais à la fenêtre d'un petit salon coquet lorsqu'il aperçut la vieille femme dans une allée. Elle courait à petits pas en poussant de curieux glapissements, comme une souris qui aurait vu le chat. « Vraiment, cette femme est bizarre », se dit-il en la regardant disparaître derrière les arbres, un sac de toile à la main.

IX

Le juge se bat avec des souliers ; il contraint Mme Tchou à une douloureuse confession.

« Quand la servante m'apportera mon thé et mon riz du matin, se dit le juge Ti à son réveil, j'en profiterai pour lui demander ce qui semblait tant l'attrister hier au soir. » Hélas, ce ne fut pas la vieille femme qui frappa à sa porte, mais le jardinier. Le jeune homme lui souhaita une bonne matinée, puis déposa sur une table le plateau contenant son premier repas de la journée. « Tant pis, pensa le juge. Ce n'est que partie remise. »

Tandis qu'il sirotait son thé, son attention fut attirée par un remue-ménage bruyant. On s'interpellait au travers de la maison, on courait dans les corridors, on ouvrait et claquait des portes sans égard pour son repos. Il frappa à la paroi :

– Hong Liang ! Va voir ce qui se passe !

Le serviteur apparut peu après, débraillé et les cheveux en bataille. Il annonça que nul n'avait vu la servante depuis des heures. Elle avait disparu. Ses maîtres étaient inquiets à cause de la crue : elle avait pu tomber à l'eau.

– Ah, non ! s'exclama le juge. Tout le village ne va pas s'amuser à sauter dans la rivière, tout de même ! On verra bientôt flotter davantage de corps que de branches d'arbres ! C'est la tocade à la mode, ma foi !

Il enfila un manteau et sortit voir ce dont il retournait. Les Tchou lui parurent nerveux. Pour la première fois, cette famille impavide secouait réellement son apathie. Chacun d'eux semblait tracassé au plus haut point.

– Le petit personnel est toujours source d'ennuis, se permit de dire le majordome avec un manque de compassion qui consterna le juge.

Au reste, Ti était bien placé pour savoir que la servante n'avait qu'une envie : quitter ses maîtres, qu'elle détestait au fond d'elle de tout son cœur. L'envie, ce serpent funeste, dévorait son âme. Sans doute avait-elle fait ses paquets sans attendre le bateau.

– Si elle ne revient pas, dit le juge, vous en serez quittes pour lui chercher une remplaçante parmi les jouvencelles du village.

Il avait d'ailleurs à l'esprit quelques jolies postulantes qu'il pouvait leur indiquer. Cette idée frappa les Tchou comme s'il leur avait suggéré de remplacer le grand-père par le premier vagabond venu.

– Vous n'y pensez pas ! s'exclama Mme Tchou.

– C'est impossible ! renchérit son mari. Il faut absolument la retrouver !

Ils se lancèrent dans des recherches effrénées, comme si leur survie en dépendait. L'invité les regarda s'agiter dans toute la maison avec une curiosité d'entomologiste.

Il y avait dans cet affolement quelque chose d'irrationnel, d'incontrôlé, qui déplaisait fortement à son esprit confucéen et même, pour tout dire, à sa conception de la bienséance. Qu'on s'inquiétât pour le grand-père, soit ; mais autant d'inquiétude pour une bonne acariâtre, c'était pousser un peu loin le paternalisme. L'atmosphère oppressante de cette matinée commençait à l'atteindre : il se sentait agacé. Il était opportun d'aller se rafraîchir les idées sur les bords du lac.

Les frondaisons hospitalières offraient un pendant calme et rassérénant à la frénésie du château. Tandis qu'il faisait les cent pas sur la berge, son regard fut attiré par un détail curieux : deux petites taches de couleur grise étaient visibles à quelques encablures. Les lotus ayant disparu, ces taches étaient le seul écueil. Qu'est-ce que cela pouvait bien être ? Malgré le vent, elles restaient immobiles, sans s'approcher ni s'éloigner, comme deux minuscules repères au milieu de l'eau.

Il revint vers la maison.

– Sais-tu où nous pouvons trouver une embarcation pour aller sur ce lac ? demanda-il à son sergent.

– Votre Excellence veut prendre de l'exercice ? Est-ce bien le moment ? J'ai promis aux honorables Tchou d'aider à chercher la disparue...

– Ils seront bien assez de fous comme ça pour courir après cette brave femme. Trouvons une barque.

Hong Liang en avait remarqué deux près des bacs à poissons. Ils s'y rendirent.

– Votre Excellence désire-t-elle que je rame ? demanda-t-il sans guère d'espoir, tandis que son maître s'installait confortablement face à la proue.

– Dépêche-toi donc ! répondit simplement celui-ci. Allons par là !

Hong saisit les rames en soupirant et entreprit de se diriger vers le point que son maître indiquait d'un doigt impatient. Les deux taches furent bientôt en vue.

Lorsque le sergent eut transpiré suffisamment, ils en furent assez proches pour constater qu'il s'agissait d'une paire de souliers qui flottait à l'envers.

« Voilà qu'il me fait trimer pour aller à la pêche aux vieilles chaussures ! », se lamenta intérieurement le rameur.

– Plus près ! ordonna son passager.

– Tout de suite, Noble Juge, répondit le sergent en soufflant comme un bœuf.

Le juge saisit l'un des souliers entre deux doigts. À son grand étonnement, celui-ci se défendit : il demeura obstinément sur l'onde, sans du tout accompagner sa main. On aurait dit qu'il était ancré dans la vase comme le sont les lotus. Irrité, le juge Ti l'empoigna fermement à deux mains. Il eut la surprise d'extirper hors de l'eau trois pouces de chair blafarde qui ressemblaient à une cheville glacée.

– Qu'est-ce que c'est que cette horreur ? couina le sergent.

Le juge resta pensif un moment avant de répondre :

– Je crois que nous avons retrouvé notre servante. N'était-ce pas un pantalon gris, qu'elle portait ? J'ai déjà le soulier de cette femme, et je crois que le corps est en dessous.

La chaussure lui resta dans la main, dévoilant un pied nu, blanc et glacé, au ras de la surface.

– Quelle abomination ! entendit-il glapir dans son dos.

– Les Tchou vont être bien déçus, admit le juge. Crois-tu qu'ils engageront la petite servante de l'auberge, celle avec le grain de beauté sur la joue gauche ?

Le sergent dut se pencher d'un côté de la barque pour permettre à son maître de hisser le corps, qui lui parut peser autant qu'une chamelle gravide. Après avoir bataillé avec la vase durant plusieurs minutes, il parvint enfin à le remonter et à l'allonger dans le fond de leur embarcation. Hong reprit les rames et le juge commença son examen. Le manteau de la morte était noué en une sorte de gros baluchon, les bras encore passés dans les manches. Ce paquet improvisé semblait contenir une grosse pierre : cela expliquait la curieuse posture de la défunte. Le corps, entraîné par ce poids, s'était fiché dans la boue, nez en avant, comme une carpe fouissant le sol.

Le juge défit le nœud. Ce n'était pas d'une pierre que l'on s'était servi pour lester la servante. Le sergent Hong cessa subitement de ramer. Ses yeux, comme ceux du magistrat, avaient été frappés d'un éclat ensorcelant. On avait utilisé, en guise de lest, une dizaine de lingots d'or ! Cette servante misérable était partie pour son dernier voyage avec dans son manteau plus d'or qu'elle n'en avait vu de toute sa vie, plus encore qu'elle n'en aurait vu en travaillant durant trois siècles.

« Ma parole, pensa le juge, il y a plus de pépites que de cailloux, dans ce domaine ! Ils en sont à les jeter au lac ! »

On aurait dit un meurtre rituel. C'était comme si le cadavre et le trésor avaient formé une seule offrande à l'intention de la déesse. Cette dernière avait visiblement décliné l'hommage : elle avait restitué le cadeau.

Une fois près de la rive, le sergent Hong descendit le premier, trempa son pantalon, tira la barque au sec en se faisant mal au dos, s'affala dans la boue, puis tendit à son maître sa main la moins sale pour l'aider à gagner la terre ferme.

– N'avertissons personne, recommanda le juge en considérant le corps de la malheureuse et son trésor funéraire. J'aimerais l'examiner à loisir avant que ces hystériques ne viennent m'ennuyer.

Hélas, les « hystériques » avaient prévu la mauvaise nouvelle. Ils avaient posté près du lac le petit Tchou, qui espionnait derrière un saule.

Je crois que les plans de Votre Excellence vont être contrariés, dit Hong Liang en tendant un index boueux en direction de l'arbre.

L'enfant se mit à courir vers le château en criant : « Elle est morte ! Elle est morte ! »

– C'est cuit, dit le sergent tandis que son maître serrait les poings de contrariété.

– Cachons au moins le magot, dit-il. Dissimule-le sous la banquette. Je veux garder cet indice en réserve.

Le reste de la parentèle arriva sur-le-champ, comme s'ils n'avaient attendu que cela. Les Tchou étaient plus atteints par cet événement que par tout autre depuis huit jours. Ce fut comme si la foudre s'abattait sur la maisonnée. Mme Tchou se jeta sur le corps en pleurant. Son mari resta tétanisé d'effroi. Le petit garçon sanglotait. Mlle Tchou tenait sa mère par les épaules, dans une attitude de lamentation. Mais ses yeux étaient secs. Elle semblait se faire des reproches.

Les serviteurs étaient sur leurs pas. Après un moment de stupéfaction, le jardinier et le moine s'occupèrent d'extraire le corps de la barque, sous le regard perplexe du majordome. Ils l'emportèrent vers le château, suivis par la maîtresse de maison, toujours en larmes.

– Qu'est-ce que c'est que ça ? dit une voix.

Tous les regards se tournèrent vers M. Tchou, qui contemplait le petit bateau. Son fils, debout à l'intérieur, tenait dans sa main un objet oblong, jaune et brillant. Les Tchou revinrent vers la berge comme des automates, tandis que les porteurs s'immobilisaient au milieu de l'allée, leur fardeau dans les bras. La famille entoura l'embarcation pour contempler avec des yeux ronds le trésor qui y reposait. L'enfant sortit un à un de sous la banquette les lingots que Hong y avait maladroitement glissés. Le juge Ti jeta à ce dernier un regard courroucé.

– Par les puissances célestes ! dit M. Tchou. Mais il y en a pour une petite fortune, là-dedans !

Le magistrat crut d'abord qu'il feignait la surprise pour sauver les apparences. Mais aucun des quatre ne prêtait la moindre attention au magistrat, tout obnubilés qu'ils étaient par ce petit tas de métal clair.

– Il n'y en a pas pour une petite fortune, corrigea sa fille, mais pour une grosse !

– Qu'est-ce que cela veut dire ? marmonna le majordome.

– Par le Bouddha... murmura le moine.

– C'est du vrai ? demanda le petit garçon.

– Et comment ! dit le jardinier en grattant la surface avec son ongle. Il y a dans chacun de quoi faire une centaine de pièces !

Ils se repassaient à présent les lingots sans paraître comprendre d'où leur venait cette manne. Soudain, Mme Tchou partit d'un rire incontrôlable qui glaça tout le monde. Son mari la regarda comme si elle était devenue folle.

– Laissez-moi faire, dit le magistrat. J'ai des notions de médecine.

Il écarta M. Tchou et sa fille, et appliqua sur la joue de la rieuse un soufflet retentissant qui la fit vaciller. Elle resta un instant interdite, puis éclata en sanglots dans les bras de son époux.

– Vous voyez, cela va beaucoup mieux, conclut le

médecin amateur. Elle a de nouveau des réactions normales. À présent, si vous voulez bien, j'aimerais que vous récupériez le corps, plutôt que de le laisser traîner au pied d'un arbre. Vous le déposerez dans une pièce pourvue d'une vaste table. Quant à l'or, il vous appartient, M. Tchou, je suppose ?

Cette révélation sembla frapper l'intéressé.

– Euh.., oui... bredouilla-t-il. J'imagine qu'elle se sera servie dans mes coffres. Jamais je n'aurais cru ça d'elle. Une voleuse ! Sous mon toit ! À qui se fier, vraiment !

Son épouse redoubla de sanglots. Le débat étant clos, le juge Ti prit la tête de la petite troupe, qui se dirigea vers le château.

Une fois au chaud, il voulut en savoir davantage sur la défunte. On lui apprit qu'elle se nommait « Jasmin Précoce ».

– Curieux nom pour une servante. Il n'est pas du meilleur goût. Jasmin Précoce aurait-elle travaillé dans un « palais de fleurs » ?

On lui assura sur un ton outragé qu'il n'en était rien. Ses parents avaient eu de l'intérêt pour la poésie champêtre, voilà tout.

– Avait-elle encore de la famille ?

Les Tchou répondirent avec une certaine gêne qu'elle n'en avait plus. Le juge réfléchit un moment, puis il examina le corps en pensant tout haut :

– Comment cette malheureuse est-elle décédée ? Empesée comme elle l'était, je crois qu'on peut exclure l'accident.

– Elle aurait pu vouloir traverser le lac en bateau, tomber à l'eau et être entraînée par son trésor ? suggéra Mlle Tchou d'une voix presque impassible.

En admettant que la servante ait voulu emporter son

or en barque, le juge ne pensait pas qu'elle aurait choisi de l'empaqueter dans son manteau : il aurait été plus simple de le déposer au fond d'un baluchon aisément transportable au bout d'une perche. De plus, pourquoi aurait-elle renoncé à son idée d'attendre qu'il la fît embarquer sur sa propre jonque ? Qu'avait-elle à faire de l'autre côté du lac ?

– Non, conclut-il : le meurtre est pour ainsi dire établi. Reste à savoir comment on s'y est pris...

Mme Tchou redoubla de criaillements tandis que le juge soulevait la tête de la servante, écartait ses vêtements, lui ouvrait les paupières et la bouche. M. Tchou l'observait avec inquiétude.

– Comment allez-vous procéder ? demanda-t-il.

– Eh bien, pour commencer, nous pourrions chercher des traces d'empoisonnement... Le mieux serait de l'ouvrir en deux, conclut-il en mimant le geste d'un poissonnier qui vide une carpe.

– L'ouvrir en deux ! s'exclama son hôte avec horreur. Est-ce bien nécessaire ?

– Oui. Pouvez-vous me faire apporter votre meilleur couteau ? Long et effilé, de préférence : ça entrera mieux.

Même le sergent Hong recula d'effroi. Mme Tchou se jeta aux pieds du magistrat pour le supplier de ne pas profaner la dépouille. Le juge resta curieusement inflexible : c'était bien là l'effet qu'il avait escompté.

– Chère Madame, répondit-il, il faut que la justice passe. Quelle raison aurais-je d'épargner le cadavre d'une servante sans descendance ? Nous hésitons lorsque les parents de la victime s'opposent à l'autopsie, mais dans le cas présent...

Il était d'un usage sacré de respecter les morts. Pour procéder à un examen invasif, le juge devait assurer aux proches parents que l'arrestation du meurtrier dépendait de cet outrage ; encore mettait-il sa responsabilité, et parfois sa tête, dans la balance.

Mme Tchou fut prise d'un tremblement fébrile. Le juge crut qu'elle allait vider son estomac sur le tapis.

– C'est ma mère ! s'écria-t-elle enfin en cachant son visage dans ses mains. Ne touchez pas à ma mère ! Pitié pour elle ! Assez de mensonges ! Je n'en peux plus !

Le juge feignit la surprise. Depuis un moment, les démonstrations outrées de la dame l'avaient porté à une déduction de cette nature. La suppliante s'évanouit à demi, les jambes lui manquèrent. On l'emporta, pantelante. Son mari se tenait devant leur invité, les yeux dans le vague, comme un enfant pris en faute.

– On me cache quelque chose ? demanda le magistrat comme si de rien n'était.

Avec une gêne infinie, M. Tchou expliqua ce qu'il appela « un grand secret de famille que sa femme avait eu l'honnêteté de lui avouer après leur mariage, bien qu'il eût été à la vérité un peu tard pour ce type de confidence ». La première épouse de M. Kien, père de Mme Tchou, n'avait jamais pu enfanter. Pour combler ce manque, elle avait élevé comme sa fille celle que sa servante avait eue de son patron, et l'avait finalement adoptée alors que l'enfant était encore presque un bébé. Nul n'en avait jamais rien su hormis les intéressés : une telle révélation aurait grandement compromis les chances de l'enfant chérie de faire un jour un beau mariage. Mais Mme Tchou, « d'une nature droite et intègre », comme le précisa son mari, ne put préserver son secret au-delà de quelques jours et lui confessa sa véritable origine, sur l'oreiller, peu après leur nuit de noces. Elle avait perçu chez son époux « la grandeur d'âme nécessaire pour accepter cette vérité ». Elle ne s'était pas trompée. Il avait de lui-même proposé que cette femme vînt vivre dans leur demeure, et leur union, depuis lors, avait été aussi paisible que le lac.

Il y avait dans cet édifiant récit un je-ne-sais-quoi de trop parfait pour qu'il fût tout à fait crédible. M. Tchou déployait plus de talent lorsqu'il récitait des épopées classiques. Certes, des cas comme celui-là n'étaient pas rares. Mais nombre d'enfants auraient préféré voir leurs vrais parents découpés en morceaux sous leurs yeux plutôt que d'admettre leur bâtardise. Mme Tchou montrait une piété filiale aussi vive que tardive envers une femme qu'elle traitait en inférieure pas plus tard que la veille !

M. Tchou le supplia à son tour, pour conclure, de ne pas ajouter à leur désespoir en s'attaquant aux restes de la malheureuse. Le juge accéda à cette prière avec d'autant plus de grâce qu'il n'avait jamais eu l'intention de se livrer à cette boucherie. Son hôte le remercia avec émotion et se hâta d'aller réconforter son épouse éplorée.

Reprenant plus sérieusement son examen du corps, le juge se mit en quête d'une preuve d'empoisonnement, comme dans le meurtre du bonze, ou de contusions, comme dans celui du représentant en soie. Il n'en trouva aucune. En revanche, en écartant la chemise de la victime, il découvrit sur son cou ridé d'intéressantes marques sombres, reliquats d'hématomes survenus lors du décès. Ces marques, il les avait souvent vues dans des affaires de femmes assassinées. Elles étaient d'autant plus nettes que le corps avait été délavé par son séjour lacustre.

– Je devine à votre regard que, Votre Excellence a

trouvé, dit le sergent Hong en espérant qu'ils allaient enfin pouvoir quitter cette morgue improvisée. Elle s'est noyée ?

– Elle a été étranglée. Avec une grande violence. J'ai promis de ne pas l'ouvrir, mais je suis sûr que le larynx est écrasé, et peut-être aussi la colonne vertébrale. Ce n'est pas l'étouffement qui l'a tuée : elle est morte très rapidement, le cou broyé par les mains furieuses de son agresseur. Et cela a eu lieu tout près d'ici, autant dire sous nos yeux.

– Sous nos yeux ! reprit le sergent avec effroi.

– Oui. J'ai rarement eu autant de proximité avec un assassin en liberté.

– Moi aussi ! renchérit son serviteur d'une voix éteinte.

Le juge Ti était fasciné. Le meurtrier, pour la première fois de sa vie, habitait sous le même toit que lui ; il le côtoyait chaque jour ; il lui parlait ; et pourtant, il n'avait aucune idée de qui cela pouvait être. D'habitude, c'était le contraire : le suspect habitait en ville, il était clairement identifié dès le début de l'enquête, souvent un proche de la victime, et tout le travail consistait à démontrer son forfait pour parvenir à sa condamnation.

– Quand je pense que son bourreau est parmi nous, dit-il à mi-voix.

Hong Liang manqua s'effondrer sur le tapis.

X

Le juge Ti surprend une tentative de désertion ; il a avec les Tchou une explication orageuse.

Le juge Ti se réveilla en pleine nuit. Un bruit inhabituel avait interrompu son sommeil. Dans les ajoncs, les grenouilles coassaient à qui mieux mieux. « Qu'est-ce qui leur prend ? se demanda-t-il avec irritation. Même les animaux se rebellent, à présent ! » Il éprouvait l'impression confuse que quelque chose n'était pas normal.

Il sortit sur la coursive pour prendre l'air et voir si tout allait bien dehors. Des ombres traversaient le parc, du côté du perron. Des voleurs ! Le magistrat courut réveiller le sergent Hong :

– Lève-toi ! Prends ton gourdin ! N'allume pas !

Ils allèrent frapper chez le maître de maison.

– M. Tchou ! Réveillez-vous ! Il y a des rôdeurs dans votre jardin

Pas de réponse. La porte n'était pas verrouillée. Ils entrèrent. Les rideaux du lit étaient ouverts sur une couche vide. Au-dehors, les grenouilles s'étaient tues. Tout était désormais silencieux comme dans un sépulcre. Le sergent Hong frissonna.

– Votre Excellence aura peut-être confondu les ombres des arbres avec celles d'êtres humains, suggéra-t-il. L'heure est propice aux fantômes et aux démons. Peut-être devrions-nous aller nous recoucher et laisser les spectres de la nuit batifoler à leur guise ?

Le plancher craqua quelque part dans la demeure.

– Des fantômes ! le railla son maître. Les spectres ne font pas craquer les parquets ! Suis-moi !

Ils perçurent des murmures qui les menèrent aux abords du vestibule. Deux personnes se disputaient à mi-voix. « Laisse donc ça ! », disait l'une. « Tu vois mieux à prendre ? », demanda l'autre. « Fiche-nous la paix, avec ton vase ! Sauvons-nous ! », reprit la première.

Le juge fit signe à Hong d'allumer sa lampe, et ils bondirent dans la pièce. M. et Mme Tchou s'immobilisèrent à leur entrée. Chacun tenait l'extrémité d'un vase. De surprise, ils le lâchèrent tous deux, si bien qu'il tomba sur le sol pour éclater en une dizaine de fragments de porcelaine.

– Oh ! Le vase de maman ! dit Mme Tchou avec une spontanéité d'emprunt.

Le juge Ti leur demanda d'un air soupçonneux ce qui se passait. Ils bredouillèrent sur un ton embarrassé une curieuse histoire de cérémonie traditionnelle nocturne en l'honneur de la déesse du lac. C'était d'autant plus difficile à croire qu'ils portaient d'épais vêtements de voyage. Le juge leur fit signe de se taire. On entendait des pas dans l'allée. Quelqu'un monta les marches du perron.

« Alors ? Qu'est-ce que vous faites ? », demanda Mlle Tchou en pénétrant dans le vestibule, son frère derrière elle. Ils portaient des baluchons. Elle avisa soudain les deux invités, et enchaîna comme si de rien n'était avec un « Bonsoir, Noble Juge » d'une parfaite banalité. Elle portait au bout du bras un sac d'où dépassait un lingot d'or. Le juge n'en croyait pas ses yeux :

– Laissez-moi tranquille avec vos cérémonies ! s'écria-t-il. Vous n'étiez pas plus en train de prier que moi ! Vous vous apprêtiez à fuir !

– Oh ! Noble Juge ! dit M. Tchou. Pourquoi fuirions-nous notre propre maison ?

– Parce que votre forfait est découvert ! Je vous accuse d'être responsables, tous autant que vous êtes, de la fin tragique du représentant en soie !

Ce fut à qui pousserait le premier un cri de surprise, d'effroi ou d'indignation. C'était un chœur de tragédie. Le juge fronça le sourcil.

– Confisqué ! lança-t-il en arrachant le sac d'or des mains de la jeune fille.

Il annonça son intention de les entendre à tour de rôle lorsque le jour serait levé. D'ici là, il désirait dormir en paix. L'heure n'était pas aux précautions oratoires :

– Malheur à celui que je surprendrais à vouloir filer en douce ! prévint-il en agitant l'index. Mon sergent va coucher dans l'entrée pour cette nuit. Il n'hésitera pas à faire usage de son arme s'il constate le moindre mouvement suspect ! Je vous ordonne de réintégrer vos appartements respectifs et de n'en plus bouger.

Le sergent Hong poussa un profond soupir et s'en fut chercher une natte pour l'installer dans cette entrée pleine de courants d'air. Il se demandait de quelle arme le juge avait voulu parler.

Ti se recoucha furieux. Ses conclusions étaient flagrantes : à présent que les crimes s'enchaînaient, ces Tchou voulaient échapper au bras vengeur de la justice impériale. Heureusement, leur stupidité et leur maladresse avaient fait échouer le projet. Il bâilla et ramena la couverture sur son menton. Il aspirait au jour lointain où on le laisserait enfin dormir en paix.

Dès qu'il se fut restauré, le lendemain matin, Ti improvisa une salle d'audience dans ses appartements. Il déploya sur une table un tapis rouge rappelant celui de son tribunal. Au mur, derrière lui, il pendit une banderole officielle où était inscrit « Père et mère du peuple », et en disposa d'autres du même genre un peu partout dans l'intention d'impressionner l'auditoire. En guise de sbire, le sergent Hong se campa à côté de la table, muni de son gourdin. Certes les preuves manquaient encore, mais cette séance produirait peut-être un choc qui conduirait les suspects aux aveux. Une conversation ouverte lui permettrait en tout cas de faire le tri dans ses propres suppositions. Et puis il n'était pas mécontent de sermonner un peu ces Tchou qui le prenaient pour un demeuré.

Le moine-cuisinier fut chargé d'introduire ses employeurs l'un après l'autre. Le magistrat convoqua en premier lieu la maîtresse de maison. Elle entra dans la pièce avec autant de timidité que si elle s'était trouvée dans la véritable salle d'audience. Elle avait revêtu une robe sobre et digne, d'une sévérité assez ostentatoire, façon grand deuil, qui lui avait paru convenir aux circonstances. Le juge Ti se demanda si cette mine de carême sur ce taffetas noir rehaussé d'or était motivée par la perte de sa mère naturelle ou par la peur des sanctions. Il lui exposa sans ambages sa théorie : sa famille s'était liguée pour faire disparaître le représentant afin de sauver l'honneur familial, car le défunt était son amant.

– Cet homme répugnant ? s'insurgea Mme Tchou. Jamais de la vie !

– Ah ! Vous admettez donc l'avoir connu !

Sa timidité disparut d'un coup :

– Cela ne fait pas de moi une meurtrière ! Il faut bien se vêtir ! Nous sommes en province ! Les fournisseurs ne sont pas pléthore ! Et le bonze ? Il était aussi mon amant, j'imagine ?

Sans se démonter, le juge l'accusa d'avoir fait porter au religieux un plat contenant un venin végétal tiré de son jardin. Il avait pu vérifier par lui-même qu'elle cultivait une plante hautement toxique, bien qu'elle eût feint de l'ignorer. Le poison est l'arme féminine par excellence. Elle avait frappé parce qu'elle soupçonnait le beau-père de lui avoir parlé du meurtre. Le vieux était sénile, mais non aveugle.

– Dans ce cas, dit-elle avec un haussement d'épaules, j'aurais plutôt empoisonné mon beau-père. Depuis le temps que...

– Depuis le temps que vous en avez envie ? compléta le juge.

Il était évident que le vieil homme lui importait infiniment moins que feu Jasmin Précoce. Leurs pensées avaient suivi le même chemin :

– Et ma mère ? reprit-elle. Vous me soupçonnez aussi de l'avoir estourbie ? Je préfère ne pas dire tout haut ce que je pense de vos accusations.

Le juge Ti était déçu. Ce premier entretien ne donnait pas les résultats escomptés. La seule conclusion qu'il en tira, c'est que Mme Tchou était l'élément fort du couple. Il décida de s'attaquer à l'élément faible.

Une fois la dame sortie, il frappa à la cloison pour réclamer le mari. Ce dernier entra d'un pas mal assuré.

– Je suis navré de devoir vous apprendre une mauvaise nouvelle, déclara le juge : votre épouse entretenait une liaison coupable.

M. Tchou faillit tomber à la renverse.

– La mauvaise femme ! Puis-je demander comment se nomme l'infâme suborneur ?

– Vous le savez mieux que moi : c'était ce représentant que vous avez tué pour vous venger !

M. Tchou dut s'asseoir.

– Quant au bonze, reprit le juge, imperturbable, vous l'avez empoisonné à cause du vieux sénile, je veux dire de votre auguste père.

Cette fois, M. Tchou reprit du poil de la bête :

– Moi, m'en prendre à un saint homme ? protesta-t-il. Vous voudriez que j'abîme mon karma ? Je ne tiens pas à me réincarner en limace pendant trois siècles !

– Ce n'est pas tout ! Vous avez expédié la vieille, qui vous faisait chanter. Voilà pourquoi elle s'enfuyait avec vos lingots ! Je sais tout ! Avouez !

M. Tchou s'effondra :

– J'avoue tout ce que vous voudrez, admit-il d'une voix morne.

Cela ne faisait pas le compte du magistrat. Il n'était pas de ces fonctionnaires pressés d'en finir qui se contentent d'aveux non circonstanciés, arrachés sous la pression d'enquêteurs habiles. La vérité lui importait davantage qu'une condamnation de plus ou de moins.

– Comment vous y êtes-vous pris pour la tuer ? demanda-t-il avec sévérité. Ne me dissimulez rien !

– Je l'ai assommée par-derrière avant de la jeter à l'eau. Cette vieille bique ! J'en ai rêvé cent fois !

– Cela, je n'en doute pas, répondit le juge en lissant sa moustache. Le problème, c'est que cela ne colle pas avec la réalité. Ne vous moquez pas de la justice, ou il vous en cuira ! Pour la dernière fois, comment l'avez-vous tuée ?

M. Tchou se mit à sangloter.

– Je ne me souviens plus, dit-il. J'en ai assez de tout cela. Faites de moi ce que vous voudrez. Épargnez ma femme et mes enfants. Rien ne saurait être pire que de rester dans cette maison... J'ai soif. Permettez-moi de me désaltérer.

Sans attendre la réponse, il saisit un flacon sur un guéridon, se servit une grande rasade d'alcool qu'il avala d'un trait, et recommença deux fois.

Le juge Ti poussa un profond soupir. Cet homme-là était sûrement coupable de bien de choses, mais pas d'avoir étranglé sa belle-mère. Il était incapable d'une brutalité semblable à celle dont il avait relevé les traces sur le corps de la victime. Il était à bout de nerfs. Quant à l'ivresse, elle le ramollissait plus encore, s'il était possible.

– Dites-moi donc la vérité, dit le juge d'une voix plus douce. Je ne vous veux pas de mal. Avez-vous ou non commis ce meurtre ?

Le pauvre homme secoua la tête de gauche à droite. Le juge Ti décida de se satisfaire pour l'instant de cette protestation d'innocence, mais pria son hôte de ne plus rien faire qui pût laisser penser qu'il nourrissait des projets d'évasion. Puis il frappa à la cloison et demanda qu'on lui amenât le jardinier.

Le jeune homme entra d'un air penaud en s'essuyant les mains sur son tablier. Impressionné par le décorum, il fit mine de s'agenouiller, comme il était d'usage au tribunal. Le juge lui fit signe de se relever, garda un moment le silence, puis pointa son index sur le jeune homme :

– Vous avez la folie du crime ! Vous êtes un être

sans moralité ! Vous avez assassiné le représentant parce qu'il avait les faveurs de Mlle Tchou, que vous avez subornée ! Le bonze, parce qu'il avait reçu les confidences de cette pauvre demoiselle honteusement séduite par vous ! La vieille, parce qu'elle allait vous dénoncer ! Je l'ai vue, au soir de sa mort, horrifiée d'avoir surpris un triste spectacle : vous et sa jeune maîtresse, dans le parc, enlacés ! Elle voulait s'enfuir parce qu'elle craignait pour sa vie !

Le jardinier nia de toutes ses forces :

– Il est vrai que j'éprouve un tendre sentiment pour Mlle Tchou, mais jamais je n'oserais porter la main sur elle, pas plus que je n'ai songé à assassiner la servante, bien que celle-ci se fût toujours comportée comme une peste à mon égard.

Le juge Ti était bien placé pour savoir qu'il y avait beaucoup de faux dans cette déclaration. Il essaya une autre tactique.

– Dans ce cas, dit-il, la coupable ne peut être que votre amante : cette petite menteuse de Mlle Tchou. Je sais pertinemment qu'elle vous a accordé tout ce qu'une femme peut donner à un homme.

– Vous n'avez aucune preuve !

– Insolent ! clama le sergent Hong en brandissant son gourdin

Le juge Ti arrêta son geste.

– J'en aurai bientôt ! dit-il. Je vais cuisiner cette vipère et, croyez-moi, elle avouera son forfait. Je l'ai toujours trouvée duplice. Elle peut tromper ses parents, mais non la clairvoyance d'un fonctionnaire impérial à l'œil exercé. Mon expérience m'a enseigné que l'audace des jeunes filles dévoyées ne connaît plus de bornes : elles sont capables du pire. Tout me porte à penser qu'elle est la coupable que je recherche.

– Je supplie Votre Excellence de n'en rien croire ! C'est une délicieuse jeune femme, innocente comme la fleur du printemps, incapable de faire le mal !

– Taisez-vous ! Plus vous la défendez, plus je me convaincs que vous êtes son complice ! Avouez, ou retirez-vous !

Après une hésitation, le jardinier s'inclina et sortit. Le juge ôta son bonnet noir à oreilles horizontales et s'épongea le front. Il était las. Se battre contre cet assaut de mensonges l'exténuait. Il remit au lendemain l'interrogatoire de la jeune fille. Cette triple séance l'avait épuisé.

Il décida de se rendre aux cuisines pour voir s'il s'y trouvait quelque chose de comestible susceptible de lui rendre ses forces sans l'écœurer. Au point où il en était, il pouvait se permettre d'aller se servir lui-même. Peut-être pousserait-il jusqu'à réviser les menus : les concoctions de ce moine auraient porté n'importe qui à une lente décrépitude. Il ordonna au sergent de le suivre pour porter les plats.

Leur cher cuistot était en train de frapper avec force sur un aliment qu'il maintenait tant bien que mal sur son plan de travail. Le juge s'efforça de ne pas regarder de quoi il s'agissait : il lui fallait conserver jusqu'au déjeuner ce qu'il restait de ses facultés d'appétit. Pendant que le sergent Hong sélectionnait quelques gâteaux au miel qui avaient des chances d'être à peu près digestes, son maître jeta un coup d'œil au local.

– Qu'y a-t-il derrière cette porte ? demanda-t-il.

– Une annexe, répondit le moine, tout absorbé par sa tâche.

« Essaye-t-il d'amollir un morceau de viande ? », pensa le juge avec une lueur d'espoir. Mais non : ce bouddhiste était un enragé végétarien. Il tolérait le poisson, mais nulle chair d'animal à quatre pattes ne pénétrait dans son antre.

Il essaya en vain de pousser la porte de l'annexe.

– Ouvrez-moi ça, commanda-t-il en espérant ne pas découvrir un saloir répugnant ou quelque chose de pire.

Le moine tira une clé d'une boîte et déverrouilla la serrure. La pièce était obscure. Hong Liang alla relever le store qui masquait la fenêtre. Devant une immense cheminée trônaient des moules oblongs, des piques, des pinces et des seaux d'eau. « On dirait une salle de torture, songea le juge avec inquiétude. Se serait-on livré ici à des excès dignes des envahisseurs barbares ? » En observant mieux, il comprit qu'il était plutôt en présence d'un atelier de fondeur. Des traces dorées étaient encore visibles sur les rebords des moules. Il venait de découvrir l'endroit où avaient été conçus les lingots d'or découverts sur le corps de la servante. Il se tourna vers le moine et désigna l'attirail d'un doigt accusateur :

– De mieux en mieux ! Vous ne vous contentez pas d'assaisonner des légumes blets ! Vous fabriquez des lingots de contrebande ! J'aurai tout vu !

Le moine se mit à bredouiller qu'il n'y comprenait rien. Le sergent leva d'un air menaçant le gourdin dont il ne se séparait plus :

– N'offense pas ton magistrat avec tes mensonges ! clama-t-il. Ou il t'en cuira !

Le cuisinier se jeta à genoux. Il jura que ce matériel était là avant son arrivée. Il n'avait d'ailleurs pas compris à quoi cela pouvait bien servir et n'entrait jamais dans cette pièce. Il était assez occupé par « la confection des mets raffinés qu'il mitonnait avec abnégation pour Son Excellence trois fois par jour ».

À l'évocation des repas en question, le juge Ti fut tenté de l'inculper pour sévices délibérés envers une autorité constituée. Hong, lui, avait envie de le bourrer de coups, rien que pour lui apprendre l'art culinaire. Le juge Ti l'arrêta de la main.

– Mon humeur est à la mansuétude, dit-il. Je veux bien réserver mon opinion en attendant d'avoir vérifié vos allégations.

« Et puis, songea-t-il, une carpe mal cuite vaut mieux que pas de carpe du tout. »

Le moine se traîna sur le sol pour lui embrasser les pieds, ce qui conforta le juge Ti dans l'idée que cet homme n'avait pas d'hygiène.

– Votre Excellence est bien bonne envers ce scélérat, grogna Hong Liang, une fois dans le couloir. Rien que le dîner d'hier méritait la prison à vie.

Le juge Ti lui demanda s'il avait l'intention de préparer chaque jour la nourriture pour neuf personnes. Dans le cas contraire, mieux valait ne pas accabler cette cheville ouvrière de leur modeste confort et lui laisser temporairement le bénéfice du doute. Le sergent Hong n'en était pas moins anxieux :

– Oui, mais, Noble Juge... Vous avez parlé d'empoisonnement... C'est notre cuisinier... Je vais avoir du mal à avaler le déjeuner ! se lamenta-t-il en rattrapant son maître, qui traversait le corridor à grandes enjambées.

Le gong de l'entrée résonna à ce moment. Le juge, estimant qu'il ne pouvait plus faire confiance à quiconque, alla voir lui-même quel aventurier osait encore se présenter à la porte de ce château de spectres et de filous.

Le majordome venait d'ouvrir à la nonne, celle-là même que le vieux M. Tchou était allé voir en ville. Il avait manqué son jour de visite. Inquiète pour sa santé, elle avait fait l'effort de se déplacer.

– J'ai failli ne pas arriver jusqu'ici, se plaignit-elle. Ma barque a manqué se renverser dix fois, et le courant, devant votre portail, est de plus en plus fort. Vous finirez par être coupés de la communauté.

« Il ne manquerait plus que cela ! se dit le juge. Enfermé avec ces déments, que pourrait-il arriver de pire ? Je n'aurais plus qu'à devenir fou à mon tour. »

– Vous avez fait preuve d'un grand courage, répondit-il.

– D'une grande inconscience, reprit le majordome, dont le visage portait la marque d'une indéniable réprobation. Vous devriez vous en retourner pendant qu'il en est temps. M. Tchou va très bien. Avec les événements, nous avons simplement oublié son jour de sortie. Veuillez nous pardonner. De toute façon, la crue ne permet vraiment plus de le conduire en ville dans des conditions acceptables, pour le moment.

– Je comprends, dit la nonne, moins rassurée que déçue. Puisque je suis là, j'aimerais le saluer, si vous le permettez.

Le majordome s'effaça à contrecœur pour la laisser entrer. Il l'introduisit dans un salon et alla chercher le vieil homme. Le juge resta pour lui tenir compagnie. La religieuse s'assit dans un fauteuil. Il y eut un temps mort qui les mit mal à l'aise l'un et l'autre.

– Cette grande maison paraît bien vide, dit-elle enfin. On voit que la plupart des domestiques ont été envoyés à la campagne. Cela manque cruellement de vie. Quelle catastrophe, cette montée des eaux. Et ces crimes ! Et cette épidémie, dont on parle de plus en plus ! Les habitants de notre ville sont frappés de stupeur.

– Gageons que cela ne durera plus très longtemps, répondit aimablement le juge Ti.

– Oh ! Je prie toute la journée, dit la nonne. Bouddha finira bien par entendre mes suppliques.

– L'intercession d'une personne de votre piété ne saurait être inefficace, approuva le juge.

La conversation retomba comme une feuille morte.

– J'aurais cru que Mme Tchou viendrait me saluer, dit-elle. Est-elle indisposée ?

– La crue l'inquiète terriblement, répondit le juge, quoique, à son avis, la perspective d'une conversation fastidieuse avec la vieille bigote eût été le motif probable de son absence.

Le majordome ouvrit la porte pour faire entrer l'aîné des Tchou.

– Mes maîtres vous prient de les excuser, annonça le serviteur, ils se sentent fiévreux et seraient au regret de vous contaminer. Ils auront plaisir à vous voir dès qu'ils seront guéris.

– Je prierai pour eux, assura la religieuse avec une moue pincée.

Elle était convaincue qu'ils craignaient plutôt de se contaminer à son contact, et non l'inverse, ce qui était plausible. Elle se tourna vers Tchou Li-peng.

– Ne vous ayant pas vu, j'étais affreusement soucieuse. Je suis heureuse de constater que vous vous portez bien.

– Comment ! s'insurgea le vieillard. Vous voyez bien que je suis mort ! Nous le sommes tous, nous, les Tchou ! Vous êtes aveugle, ma parole ! Dites-le-lui, vous ! lança-t-il au juge Ti.

– Comment pourrais-je dire une chose pareille ? répondit poliment le magistrat.

– Mais parce que c'est vous qui nous avez tués !

s'exclama le vieil homme. Vous ne vous souvenez pas ? Vous avez traîné nos corps à travers les couloirs. Je m'en souviens bien, moi ! Je suis mort depuis longtemps ; laissez-moi reposer en paix.

La nonne fit une mine d'enterrement parfaitement de circonstance. Ti jugea décent de la laisser poursuivre cet échange édifiant en tête à tête avec son vieil ami. Au détour d'un couloir, il rencontra Mlle Tchou et lui apprit qu'ils avaient une visiteuse :

– N'irez-vous pas la voir ?

– Ah, non ! s'exclama la demoiselle. C'est une bavarde, confite en dévotion ! Mes parents ont dû se réfugier à l'autre bout du château. Je vais faire comme eux.

Et elle se hâta de disparaître.

Le juge Ti guetta le départ de la religieuse, lequel, vu l'humeur de son bon ami, ne pouvait qu'être imminent. En effet, il la vit bientôt descendre les marches du perron et se dépêcha de la rejoindre. Elle avait les yeux humides.

– Il devient complètement gâteux, dit-elle.

– Oui, ça ne va pas mieux, répondit le juge. Il se produit rarement d'améliorations, dans son état. C'est le grand âge.

En fait, il commençait à se demander si le vieil homme, avec ses obsessions morbides, n'avait pas trempé dans les assassinats.

Il plaça un mot sur la « noyade » de la servante. La religieuse tomba des nues. Elle n'en avait eu aucune connaissance. Nul n'était allé bavarder au village. Les seigneurs, comme leurs serviteurs, s'étaient montrés d'une discrétion qui confinait au mutisme.

En prenant congé devant le portail, le juge lui conseilla de ne pas trop traîner dans la campagne, ces prochaines semaines, et de bien verrouiller sa porte : on ne savait jamais, les rôdeurs étaient partout.

– Le Bouddha veille sur moi, répondit-elle. Ma porte n'est jamais fermée. Je suis sereine.

Le juge se dit que le Bouddha n'avait guère veillé sur la vie de son bonze, qui s'était fait trucider dans l'enceinte même du temple. Il aurait préféré voir cette nonne un peu moins sereine et un peu plus prudente. Les malheurs s'acharnaient sur les visiteurs de ce château, depuis quelque temps.

Elle s'inclina respectueusement et monta dans sa barque, qu'un valet de l'auberge poussa avec peine à travers le courant.

« Et voilà, songea le juge. Il ne manque plus qu'une visite de Mlle Bouton-de-rose, et nous aurons eu ici toutes les notabilités locales. Viendra-t-elle ? Après les anges du ciel, les mauvaises femmes : ce serait dans l'ordre des choses. » À choisir, sans oser se l'avouer, il aurait préféré cette visite-là.

Il s'en fut chercher dans la bibliothèque un texte assez soporifique pour l'aider à trouver le sommeil, et s'endormit ce soir-là à la lecture d'un volumineux ouvrage sur la pensée de Lao-Tseu.

XI

Le juge Ti échappe à un attentat ; une pie lui livre la pièce manquante.

Durant la nuit, le juge Ti rêva qu'on l'enterrait vivant. Le linceul pesait sur son visage. Des tombereaux de terre commençaient à le recouvrir. Il se sentait sombrer dans le néant. Il se réveilla en sursaut. La pièce était noire. Il n'arrivait plus à respirer. Il ne lui fallut qu'un instant pour se rendre à l'évidence : quelqu'un plaquait un coussin sur sa tête pour l'étouffer !

À force de se débattre, sa main palpa l'ouvrage sur Lao-Tseu qui avait facilité son ensommeillement. Dans un ultime sursaut, il en appliqua un coup vigoureux sur le crâne de son assaillant. La philosophie eut un effet radical : l'agresseur fit un bond en arrière. Le magistrat rejeta le coussin et reprit haleine.

Il avait reçu dans sa jeunesse une formation aux arts martiaux. Ses enquêtes musclées dans les bas-fonds lui avaient permis de se conserver et d'appliquer ses connaissances dans ce domaine. Il prit la position dite du « tigre furieux » pour s'élancer sur son adversaire. Celui-ci lui envoya son pied dans l'estomac. Le juge

Ti adopta la position dite de « l'escargot dans sa coquille » et se recroquevilla en geignant.

Par chance, la porte de communication avec l'antichambre s'ouvrit sur un Hong Liang à demi réveillé.

– Votre Excellence a appelé ? demanda le sergent en scrutant l'obscurité.

L'ombre de l'assassin hésita un instant. Avant que le sergent eût pu comprendre ce qui s'était passé, l'intrus avait ouvert la porte extérieure et disparu sur la coursive. Le serviteur s'élança à sa poursuite, trébucha sur le corps inerte du juge, qu'il n'avait pas vu, s'effondra et se cogna la tête contre un tabouret. Ils restèrent entremêlés là, pendant une longue minute, le juge continuant de geindre en se tenant le ventre, et son sauveur essayant de reprendre ses esprits.

– Par le Bouddha tout-puissant ! s'écria-t-il en découvrant qu'il était allongé sur son maître. Ce misérable vous a blessé ! Laissez-moi vous aider à vous relever ! Où vous a-t-il frappé ?

– Nulle part ! couina le juge Ti. J'ai glissé dans l'obscurité, et ce couard en a profité pour m'échapper.

Le sergent Hong le fit asseoir et alluma une lampe. Quand le juge se fut un peu remis, ils décidèrent que le sergent installerait un lit provisoire dans un angle de la pièce afin de veiller sur son maître.

– Vous verrez, assura-t-il, je ferai aussi peu de dérangement que possible.

– Commence par ramasser ton bonnet qui traîne par terre, dit le juge en indiquant le vêtement, tombé près du tabouret.

Le sergent Hong l'examina un instant avant de déclarer :

– Ce bonnet n'est pas à moi, Noble Juge. Si je

l'avais porté, je ne me serais pas fait si mal au crâne lors de ma chute.

Le juge demanda à voir l'objet. C'était un couvre-chef de coton gris, de forme ronde. Il en avait vu un semblable sur la tête du jardinier. Soudain fébrile, il pria Hong de l'aider à passer un vêtement plus chaud et s'empressa, le sergent sur ses talons, de courir vers le logement des domestiques. Huit corridors plus tard, il tambourinait à une porte située à côté des communs. Un moine en chemise de nuit vint lui ouvrir :

– Noble Juge ! s'exclama le cuisinier, la mine inquiète. Il y a le feu ?

Le magistrat lui demanda où dormait le jardinier. Le moine le conduisit à travers un couloir sur lequel ouvraient plusieurs portes obturées par des rideaux.

– Que se passe-t-il ? s'enquit le majordome d'une voix ensommeillée tandis qu'ils pénétraient dans une petite pièce sombre.

À la lueur de la lampe, ils constatèrent que la chambre, pauvrement meublée, était vide. La natte était repliée : personne n'avait dormi là depuis la nuit précédente. Nul ne savait où son occupant pouvait se trouver. Le juge recommanda, au cas où le jeune homme se présenterait, de venir l'en avertir sur-le-champ, quelle que fût l'heure. Puis il retourna se coucher.

L'agression dont il avait été victime avait au moins un aspect positif : il connaissait à présent l'identité du coupable des trois meurtres.

Le lendemain, en apportant au juge son thé matinal, le sergent Hong lui apprit que la maison était en ébullition. Le jardinier n'avait pas réapparu ; cette nouvelle stupéfiait tout le monde. Le juge sirota lentement le liquide brûlant en réfléchissant. Au bout d'un moment, M. Tchou, n'y tenant plus, vint frapper à sa porte.

– Votre serviteur me dit que vous avez été victime d'une agression sauvage ? Sous mon toit ! Permettez-moi de vous présenter mes plus plates excuses pour cet outrage ! Mes ancêtres s'en sont retournés dans leur tombe ! Notre famille n'a jamais connu pareille humiliation ! Rouer de coups un homme sans défense ! Quelle honte pour notre lignée !

– Ne vous mettez pas en peine, répondit le juge d'un air pincé. Par bonheur, mes qualités physiques m'ont permis de faire fuir mon agresseur. Je l'aurais attrapé s'il ne m'avait fallu secourir mon serviteur, qui a été blessé à la tête. Où croyez-vous qu'il ait pu se réfugier ?

– J'ai fait fouiller tout le domaine dès que j'ai su l'affreux événement, assura Tchou. Hélas, nous n'avons trouvé nulle trace de ce scélérat. À l'heure qu'il est, il doit être bien loin. Nous le ferons rechercher par l'armée, quand elle sera joignable.

« C'est ça, pensa le juge. Ou par les lutins de la forêt, avec leurs lampions multicolores, à la saison prochaine. » L'armée mettrait des jours pour envoyer une brigade, si tant est qu'elle envoie quelqu'un. Les pillards qui infestaient les campagnes en période de calamités l'occupaient bien assez. De toute façon, il avait une idée de la cachette qu'avait pu choisir cet homme : un endroit chauffé, tout proche, où il pouvait être ravitaillé sans difficulté et prévenu d'un éventuel danger.

Il chuchota quelque chose à l'oreille du sergent Hong, qui se munit de son gourdin et quitta la pièce par la coursive. Puis il invita son hôte à le suivre et se rendit tout droit à la chambre de Mlle Tchou par les corridors intérieurs. La porte était close, il frappa. Point de réponse.

– Ma fille est chez sa mère, lui indiqua le père de famille.

– A-t-elle pour habitude de fermer à clé en son absence ?

M. Tchou n'en savait rien. Le moine et le majordome arrivèrent sur ces entrefaites, attirés par le bruit.

– Enfoncez-moi cette porte ! leur intima le juge. Immédiatement !

Les deux hommes se jetèrent de conserve sur le battant, qui céda avec un craquement bruyant. Ils pénétrèrent dans une jolie chambre décorée de fleurs peintes. Une robe mauve traînait sur une chaise. La porte de la coursive était grande ouverte. Il y eut un cri à l'extérieur.

– Vite ! lança le juge. Suivez-moi !

Le sergent Hong se tenait sur la promenade couverte, son gourdin à la main. Le jardinier était à ses pieds et se massait le haut du crane. Le moine et le majordome le traînèrent à l'intérieur et le forcèrent à s'agenouiller devant le magistrat.

– Cette nuit, dit ce dernier, vous avez attenté à mes jours. Ne niez pas : votre bonnet vous accuse. Je vous ordonne de me dire quel était le motif de cet acte inexcusable.

– J'ai voulu sauver Mlle Tchou, répondit le jeune homme, la tête baissée. Vous l'aviez accusée de meurtre en ma présence. Je ne pouvais la laisser courir ce péril.

M. Tchou s'emporta, s'empourpra, agita les bras : on aurait juré l'un de ces pères outragés du répertoire comique.

– Sauver ma fille, misérable ? Avait-elle donc

besoin d'être sauvée ? Que te soucies-tu de ma chère enfant ? Tu ne devrais pas même oser lever les yeux à son passage ! Larve putride ! Répugnant cloporte ! Déchet de l'humanité !

Le sergent Hong donna au prisonnier un coup sur l'épaule :

– Sais-tu qu'un attentat sur la personne d'un fonctionnaire impérial est un crime passible d'une mort atroce ? Implore la pitié de ton magistrat pour qu'il t'épargne la torture et te condamne à une simple décapitation !

– Vous avez voulu sauver Mlle Tchou ? répéta le juge Ti. Vous la croyez donc coupable ?

Le jardinier se mit à bredouiller. M. Tchou suffoquait en répétant : « Coupable ! Coupable ! Abominable vermisseau ! Il la croyait coupable ! Comment oses-tu émettre un avis sur la pureté de ma fille chérie ? »

Le juge Ti avait quant à lui une opinion sur la pureté en question. Quoi qu'il en fût, il fit lier le prisonnier et recommanda qu'on l'enfermât dans une pièce sans fenêtre, pourvue d'une serrure plus solide que celle de cette chambre. On le mit au garde-manger.

Mme Tchou, les yeux ronds, apparut sur le seuil de l'appartement, suivie de sa fille. Le juge demanda à cette dernière si elle savait que le jardinier s'était réfugié dans sa chambre. M. Tchou éructa :

– Mais non ! Comment voulez-vous qu'elle l'ait su ! La pauvre enfant a failli se faire tuer par cet ignoble pourceau ! À qui se fier, je vous le demande !

Il était impossible au juge Ti de déclarer à cet idiot que sa chère enfant entretenait avec le domestique une liaison scandaleuse. Cela pouvait se dire, à la rigueur, dans l'enceinte de la salle d'audience. Mais, dans sa propre maison, une telle révélation aurait tenu de l'insulte pure et simple. La demoiselle eut beau jeu de déclarer qu'elle n'en savait rien, que cet homme avait dû entrer par l'extérieur alors qu'elle aidait sa mère à se coiffer.

– Voilà une enquête rondement menée, Noble Juge, dit Hong Liang avec satisfaction, tandis qu'ils retournaient à leurs appartements. Il n'y a plus qu'à organiser l'envoi de ce meurtrier à la cour de justice la plus proche.

Le juge Ti restait soucieux. Il s'assit face au lac pour méditer. À bien y repenser, il ne pouvait croire que c'était là l'assassin qui, de sang-froid, avec habileté et discrétion, avait expédié trois personnes dans l'autre monde en quelques jours. Cela ne ressemblait pas à la nature bouillante et enthousiaste du jeune homme. Qu'il eût voulu faire un mauvais sort à un magistrat qui menaçait sa maîtresse, ça oui. Mais les autres victimes ? Pourquoi massacrer tout ce monde et continuer de servir au château comme si de rien n'était ? Il aurait eu mille occasions de fuir. Il aurait fallu qu'il soit fou... mais lui au moins n'en avait pas l'air. Autant tout un chacun ici semblait suspect, autant le principal suspect n'avait pas l'étoffe d'un coupable. C'était à se taper la tête contre les murs. « Comme tout serait facile si je n'étais pas si exigeant avec moi-même, se lamenta le juge. L'homme est son propre bourreau. Il se contraint à un idéal d'excellence inatteignable, c'est la souffrance de toute vie. La médiocrité est un refuge. » Il songea presque avec envie à cet imbécile de Tchou, qui trouvait dans ses libations de quoi étouffer le peu de hauteur que recelait encore son esprit imbibé. Tous les hommes n'avaient pas la chance d'être stupides et faibles, là résidait leur malheur.

L'assassin, lui, devait être intelligent. Mais nul ne saurait être parfait : il devait bien avoir un point faible... Il lui incombait, à lui, représentant du Fils du Ciel, de découvrir cette faiblesse et de s'appuyer sur elle pour le débusquer.

Il soupirait à la pensée de cette responsabilité lorsqu'un épouvantable craquement se fit entendre. Hong et lui bondirent sur la coursive, bientôt rejoints par l'ensemble de la maisonnée.

– C'est un pilier qui s'est fendu ! expliqua le majordome en désignant l'un des supports du bâtiment, qui disparaissait dans l'eau sur presque toute sa longueur.

– Le lac a encore monté, nota M. Tchou avec inquiétude.

– Cela s'est déjà produit, sans doute ? demanda le juge Ti. Je suppose que le niveau n'a jamais atteint la cote d'alerte ?

– Euh... non, répondit le maître de maison avec hésitation. Mais je ne peux rien garantir... Notre demeure est vieille d'un siècle, tout au plus. Qui sait ce qui peut se produire en des circonstances vraiment exceptionnelles ? Mon père nous a toujours assuré qu'un tel phénomène était impensable. Mais aujourd'hui...

L'insubmersibilité de son domaine perdait son caractère de certitude. « Il n'y a pas que le pilier qui se fissure, pensa le juge Ti : il y aussi la foi de cet homme en l'indéfectible protection de la déesse. »

Le gros moine revint du portail, essoufflé. Un fort courant passait devant le parc : on ne pouvait plus traverser sans risquer d'être emporté. La crue de la rivière avait fini par les isoler totalement.

Les habitants du château se jetèrent des coups d'œil en coin. L'ambiance se ressentit immédiatement de ce huis clos forcé. Non que leur situation eût été très différente auparavant : le juge n'était guère sorti du domaine lorsqu'il en avait encore la possibilité. Mais la notion de réclusion obligatoire changeait le climat général. Le fait de ne plus pouvoir s'en aller s'il leur en prenait la fantaisie modifiait leur façon de se regarder les uns les autres. Le juge se surprit à éprouver de l'agacement dès qu'un de ses hôtes ouvrait la bouche pour dire une sottise. Les impertinences de Mlle Tchou, la superficialité de sa mère, l'ivrognerie de son père, et même l'insouciance du petit frère lui devenaient insupportables. Eux-mêmes se heurtaient pour un rien. L'atmosphère était tendue il n'était jusqu'à Hong Liang qui ne se permît de faire remarquer à son maître qu'il en avait assez de ranger derrière lui dix fois par jour : il osa le prier humblement de bien vouloir réunir ses vêtements sur un coffre lorsqu'il se changeait, insolence inimaginable en temps normal. Le juge lui pardonna au nom des trois générations de Hong qui avaient servi ses ancêtres, mais il se promit bien d'y mettre bon ordre dès que la situation se serait éclaircie.

À présent que la servante était morte et le jardinier en disgrâce, le problème du service, et particulièrement celui des repas, se posait avec une nouvelle acuité. Le juge Ti proposa aux Tchou de leur prêter Hong Liang pour aider aux cuisines. D'une part cela lui remettrait les idées en place, d'autre part il n'était pas mécontent d'avoir un homme à lui pour veiller à la composition des plats, au cas où ce moine aurait bien été leur assassin. Le majordome se chargeait seul de leur apporter les mets, en adoptant avec ostentation la posture d'un homme harassé de travail.

Le juge Ti tâchait de digérer les fritures grasses du

cuisinier en s'absorbant dans la lecture de Lao-Tseu lorsque son attention fut attirée par un oiseau qui venait de se poser sur la rambarde de la coursive. C'était une pie. Elle tenait dans son bec un objet brillant. En s'approchant doucement de la fenêtre, le magistrat vit qu'il s'agissait d'une broche ornée de pierres précieuses. Il voulut avancer ; mais l'oiseau, plus prompt, ouvrit ses ailes et s'envola avec son larcin.

Le juge réclama l'aide de son serviteur et les deux hommes la pourchassèrent dans le parc dans l'espoir de découvrir son nid. Depuis le château, les Tchou les virent parcourir les allées le nez en l'air, l'œil aux aguets, comme deux fous échappés d'un asile. Ils en conclurent que leurs invités commençaient à perdre la tête, ce qui, au fond, n'était pas pour leur déplaire.

Hong Liang poussa un cri : il venait de voir leur cible se poser sur une branche, en haut d'un arbre. Son repaire était là.

– Hâte-toi de grimper ! ordonna le juge tandis que le sergent évaluait la hauteur avec une angoisse grandissante.

Il monta tant bien que mal, en regimbant, et finit par atteindre la branche en question. La pie s'était enfuie à l'approche de l'intrus, mais elle avait laissé ses prises de guerre. Hong enfouit la breloque dans sa manche et tenta une descente encore plus hasardeuse que la montée. Ayant raté plusieurs échelons, il atterrit sur les fesses devant un juge Ti qui tendait déjà la main pour recevoir le butin.

– Comme c'est curieux, murmura-t-il en examinant l'objet.

Il ne s'agissait pas d'un banal colifichet d'ornement pour dame. Le bijou était faux. Il était grossièrement imité, conçu pour être voyant. Il pouvait faire de l'effet à condition que l'on s'en tînt éloigné, dans une lumière faible... C'était un accessoire de théâtre !

– Où est cette pie ? demanda soudain le juge, très excité. Il me faut cet oiseau ! Où est-il passé ?

Il repartit à sa recherche pendant que Hong Liang, indisponible, se massait l'arrière-train. Au bout d'une demi-heure, le juge avisa une pie qui avait l'air d'être la sienne. Il la suivit des yeux, d'arbre en arbre... si bien qu'il finit par se cogner à un amoncellement de branchages qu'il n'avait pas vu, tout occupé qu'il était à ne pas perdre son guide. Le volatile, justement, s'était perché au sommet du tas de bois, qu'il fouissait du bec avec acharnement.

« Que peut-elle bien chercher ? », se demanda-t-il. Il entreprit d'escalader cette meule. À son faîte, là où l'oiseau avait fouillé, il eut la surprise de découvrir, sous les branchages, une bâche trouée, à travers laquelle il entrevit nettement un coffret à bijoux ouvert, dévoilant d'autres articles brillants, bagues, colliers, qui avaient excité la convoitise de l'animal. Il entreprit de rejeter les branches et constata bientôt que le tas de bois n'en était pas un : c'était un habile camouflage. Il se tenait sur une charrette bâchée. À force de déblayer, il mit au jour un fatras d'ustensiles, d'étoffes, un bric-à-brac d'objets hétéroclites. Ce véhicule lui rappelait quelque chose... Il l'avait vu dans la cour de l'auberge. C'était celui de ces comédiens partis glaner de l'emploi de porte en porte ! C'étaient leurs accessoires qu'il avait entre les mains ! Que faisait donc ici ce chariot, dans ce parc ? Avaient-ils été victimes du mystérieux assassin, comme le représentant en soie ?

Pis encore, en fouillant, le juge Ti tomba sur de curieux articles qui jetèrent un jour nouveau sur la nature de ses hallucinations : tête de carpe stylisée en carton peint, feux de Bengale, diadème, queue de sirène en tissu brodé... Cela ôtait de la réalité à l'apparition de la déesse, sur le lac, la nuit où le majordome et lui l'avaient vue se déplacer sur un poisson géant, entourée de feux follets ! Il avait suffi, à la faveur du brouillard et de l'obscurité, de poser cette tête en papier mâché à la proue d'une petite barque et de planter les feux de Bengale tout du long... L'éloignement et l'imagination avaient fait le reste. Comme il se sentait bête de n'y avoir pas pensé plus tôt ! La lumière jaillissait enfin. Elle était aveuglante.

M. Tchou avait dû guetter son retour un bon moment. Quand le magistrat eut gravi les marches, son hôte vint à sa rencontre pour lui demander avec une anxiété mal dissimulée s'il avait découvert quelque chose d'intéressant.

– Je ne suis pas mécontent de moi, répondit le juge. Je ne vous en dis pas plus, mais... attendez-vous à un coup de théâtre !

Et il s'éloigna avec un petit rire qui mit son hôte fort mal à l'aise.

XII

Le juge Ti recueille une confession surprenante ; il organise un piège.

Le juge Ti s'enferma dans sa chambre pour faire le point. La conclusion à laquelle il était parvenu était tellement absurde ! Mais, une fois mis à plat tous les événements de son séjour, elle paraissait limpide, indiscutable, simplissime ! S'il songeait au côté irréel de sa situation, aux expressions changeantes ou fausses de ses hôtes, aux frasques sexuelles de l'une, aux avatars de l'autre, à cette infinité de détails qui ne collaient pas... la solution devenait évidente.

Le gong du dîner résonna. Le juge ôta sa robe et en passa une autre, noire et damassée, sans se presser. Ses commensaux l'attendraient, sachant pertinemment que le clou du repas ne serait pas dans les assiettes : ce serait lui et lui seul. S'ils avaient deux sous de bon sens, ils devaient espérer et redouter ce qui allait se produire.

Effectivement, lorsqu'il arriva dans la salle à manger, les Tchou se tenaient de part et d'autre de la table, figés comme des statuettes de terre cuite émaillée. Nul n'avait touché ses baguettes, pas même le petit garçon. Tous le fixaient avec des yeux où se lisait de l'appréhension. Mme Tchou, dans un ultime effort pour donner à leur situation un tour de normalité, tendit au juge un plat de poisson baignant dans l'huile.

– Merci, dit-il en le prenant.

Puis, sans accorder un regard à cette macération de couleur verte, il envoya le tout contre le mur, où l'assiette explosa. « Ah ! pensa-t-il avec une curieuse sensation de soulagement. Voilà beau temps que j'aurais dû faire ça ! »

– Vous m'avez trompé, leur assena-t-il froidement en s'asseyant. Depuis le premier jour. Je ne suis pas content du tout.

Il parlait d'une voix calme et posée. Mais ses mots faisaient autant d'effet que s'il les avait hurlés à leurs oreilles. Ils le regardaient à présent avec une horreur non dissimulée, comme des fantômes qui se seraient crus vivants jusqu'au moment où un mortel leur aurait révélé la vérité sur leur état de spectres. Leurs visages se décomposaient. Les masques tombaient. Mme Tchou contractait un rictus amer. Son mari quittait peu à peu son air de grand seigneur pour s'avachir, les épaules voûtées, la tête rentrée dans le cou. L'expression de fierté de sa fille était devenue de la provocation vulgaire. Le petit frère n'avait plus l'attitude d'un enfant dissipé, mais celle d'un gamin des rues sans éducation. Le juge comprit que c'était le regard qu'il portait sur eux qui avait accompli en grande partie cette transformation : le voile couvrant ses yeux s'était déchiré.

– Que faites-vous ici ? demanda-t-il. Comment avez-vous pris possession de cette demeure ?

M. Tchou, feignant de n'avoir pas compris, récita sa tirade ultime :

– Mes ancêtres l'ont bâtie voilà un siècle, et... commença-t-il d'une voix mal assurée.

– Balivernes ! le coupa le juge Ti. Cessez vos mensonges ridicules ! Vos ancêtres étaient des bateleurs, comme vous ! Comment avez-vous pu croire, ne serait-ce qu'un instant, faire illusion ? Comment avez-vous pu espérer me duper, moi, un fonctionnaire du Dragon Divin ?

– Il me semble que pourtant..., dit d'une petite voix Mme Tchou.

– J'ai pu être abusé les premiers temps, à la faveur de la confusion générale... Mais aujourd'hui j'ai repris mes esprits et la réalité m'apparaît dans sa sinistre crudité !

Il jeta devant Mme Tchou la breloque aux brillants.

– Je vous rends ce qui vous appartient. Vous n'êtes pas plus les châtelains de ce lac que cette broche n'est sertie de diamants. Tout ici est controuvé depuis le début. Vous m'avez menti de manière continue.

Les Tchou semblaient avoir perdu la parole.

– Je vais vous traîner au tribunal le plus proche dès que la rivière sera praticable. En attendant, vous croupirez dans une geôle à Tch'ouan-Go. Usurpation d'identité ! Insulte à magistrat ! Et sans doute pire encore ! Il y a dix fois de quoi vous condamner à la pire des sanctions

Les Tchou se levèrent, livides comme des noyés.

– N'espérez pas m'échapper ! prévint le juge. Nous sommes bloqués par la montée des eaux ! Vous n'iriez pas loin ! Et si vous tentiez quoi que ce soit sur ma personne, sachez que l'administration impériale vous débusquerait où que vous vous cachiez !

M. et Mme Tchou vinrent s'agenouiller devant lui, imités par leurs enfants. Ils le firent avec beaucoup de grâce, comme un roi et une reine de tragédie s'humiliant devant leur vainqueur. Ils frappèrent le sol de leur front pour implorer sa clémence. Le juge répondit qu'il ne saurait en être question, et leur intima de répondre à ses interrogations avec précision et sincérité. Comment de petits acteurs ambulants avaient-ils pu s'installer dans une demeure patricienne, et dans quel but ?

– Notre sort, commença M. Tchou, n'a cessé de décliner depuis le début de ces pluies diluviennes. Lorsque nous sommes arrivés à Tch'ouan-Go, nous étions aux abois. Les spectacles en plein air étaient impossibles, les foires et marchés suspendus, et personne n'avait plus la tête à rire de nos cabrioles ni à pleurer à nos tragédies. Nous cherchions désespérément un engagement pour une représentation à caractère religieux lorsque nous fûmes abordés par le majordome de ce château, qui avait remarqué nos allées et venues à travers la ville.

– Je devine ce qu'il vous a proposé, dit le juge Ti. Il vous a dit que vous n'aviez qu'à prendre la place de ses maîtres pour attendre au chaud la fin des crues, avec en prime un bon pécule.

– Oui, Noble Juge.

– Parce que ses maîtres étaient partis à la campagne et qu'il n'y avait plus personne, sinon lui, pour veiller sur leur fortune.

– Non, Noble Juge.

– Comment, non ? s'insurgea le magistrat. Où sont-ils, dans ce cas ?

Les mots eurent du mal à franchir les lèvres de M. Tchou. Ce fut sa femme qui répondit, sans lever la tête :

– Ils sont morts, Noble Juge. Ils étaient morts plusieurs jours avant notre arrivée, ils ont attrapé les fièvres, dès le début de l'épidémie, eux et les rares serviteurs qu'ils avaient gardés auprès d'eux. Le majordome fut malade, lui aussi, mais il en réchappa. C'est alors que l'idée lui vint de profiter de la situation. Mais la crue, en s'aggravant, l'empêcha de fuir avec le magot. Aussi nous proposa-t-il de jouer le rôle de ses maîtres, de loin, pour faire croire aux villageois que rien n'avait changé.

– Je ne comprends pas, dit le juge. Si vous ne pouviez vous montrer sans être découverts, à quoi lui serviez-vous ?

– Pardonnez-moi, Noble Juge, dit Mlle Tchou, mais vous êtes la preuve vivante que le stratagème était efficace. Sans nous, l'absence des maîtres de maison aurait été découverte beaucoup plus tôt. Et sans votre incroyable sagacité, jamais nous n'aurions été percés à jour.

– Par ailleurs, reprit M. Tchou, ce n'était qu'un demi-mensonge.

– Mais oui ! s'exclama le juge Ti. Comment avez-vous réussi à faire passer l'un des vôtres pour le vieux M. Tchou ? Pour le promener chez des gens qui le connaissent depuis toujours ? Voilà donc pourquoi cet acteur de seconde zone tenait des propos incohérents

Mme Tchou tiqua en entendant l'expression « acteur de seconde zone ».

– Nous avons trouvé mieux que cela pour tenir le rôle, dit-elle.

– C'est que ce vieil homme, reprit son mari... est réellement le père de feu M. Tchou. Il est le seul de la famille à avoir survécu à l'épidémie. Cela nous a permis de l'exhiber une fois par semaine, comme à son habitude, afin de conforter les gens dans l'idée que tout allait bien. Il pouvait leur dire ce qu'il voulait : personne ne prenait plus garde à ses radotages depuis longtemps.

« C'est diabolique ! », se dit le juge en posant une main sur son front. Ce pauvre vieux monsieur n'avait cessé de dire la vérité, à sa manière, en prétendant que toute sa famille était morte ! Mais il criait dans le désert ! Seule sa sénescence lui avait permis de supporter ce drame, et la présence des intrus s'était confondue avec ses hallucinations. Tout s'imbriquait parfaitement. Cela aurait pu continuer ainsi l'année entière.

– Et les meurtres ? demanda-t-il. Quelle place prenaient-ils dans votre plan ?

Les Tchou se récrièrent.

– Nous n'y sommes pour rien ! Nous ne sommes que d'humbles acteurs innocents, engagés pour jouer une comédie tragique. Nous ne sommes que des copies dont les originaux ont péri, rien de plus ! Nous supplions Votre Excellence de nous croire sur parole.

« La parole de fieffés menteurs ! compléta le juge en son for intérieur. Il me faudrait une conscience d'ange pour porter foi à leur discours. » Il voulut savoir combien le majordome leur avait promis pour leur prestation. Il leur avait donné un lingot d'or, et leur en avait fait miroiter un second pour la fin de la représentation. Mais, depuis qu'ils avaient vu le trésor trouvé sur le cadavre de leur mère, ils avaient compris que cela n'était rien. Cet homme était assis sur une montagne d'or. Non seulement ils avaient risqué leurs têtes, mais ils l'avaient fait pour un pourboire !

– Jusqu'à quand cette mascarade devait-elle durer ?

Leur employeur souhaitait qu'ils donnent l'illusion

jusqu'à la fête de la perle. Mais, maintenant que leur mère avait été assassinée, ils étaient transis de peur. C'est pourquoi ils avaient tenté de s'enfuir. « Sans oublier d'emporter l'argent », se dit le juge. Tout cela était clair. Restait la question des meurtres : ils étaient liés à leur supercherie, mais de quelle façon ? Le juge demanda dans quelles circonstances ils avaient fait la connaissance du représentant. Mme Tchou baissa un peu plus le nez. Son mari prit la parole :

– C'est ma femme qui l'a rencontré, dit-il sur un ton de reproche. Tout cela est de sa faute.

– Je n'avais plus rien à me mettre ! protesta-t-elle. La garde-robe de Mme Tchou n'est pas du tout à ma taille ! Quand Ho Kai, qui jouait le rôle de notre jardinier, m'a avertie qu'un démarcheur itinérant était à la porte, je n'ai pas résisté à l'envie de le recevoir. Le majordome étant en ville, je n'ai pas cru devoir me priver de ce petit plaisir. À quoi sert de vivre dans un palais si on ne peut même pas porter une jolie robe ? D'ailleurs, l'entrevue s'est parfaitement bien passée. Je lui ai acheté de quoi me confectionner ce dont j'avais besoin. Puis le majordome est arrivé et l'a raccompagné. Je n'ai vraiment aucun rapport avec sa noyade !

Le juge Ti resta pensif durant un moment.

– J'ai vu votre charrette dans la cour de l'auberge. Avant de venir ici, vous avez couché là-bas, n'est-ce pas ?

– Nous y avons passé trois nuits, Noble Juge.

Il était donc probable que le représentant les y eût remarqués. Et particulièrement les dames.

– N'aviez-vous jamais vu cet homme auparavant ? demanda-t-il sur un ton inquisiteur.

Mme Tchou parut embarrassée.

– Eh bien, confessa-t-elle, si j'avais su de qui il s'agissait, je ne l'aurais pas reçu. Je me suis souvenue tout à coup, à la fin de l'entretien, l'avoir aperçu au Héron-Argenté. Nous avions pris un repas dans la salle commune alors que cet homme était là. Je n'avais guère prêté attention à lui.

Et voilà comme on perd un homme ! Le représentant n'avait rien laissé paraître lors de l'entrevue commerciale avec la pseudo-Mme Tchou, concentré sans doute sur la vente à effectuer. Mais, tandis que le majordome le raccompagnait, il avait dû tiquer, poser des questions, se montrer suspicieux. La ressemblance de la châtelaine avec l'actrice avait dû le laisser perplexe, surtout après avoir été introduit par le « jardinier », autre membre de la troupe... et peut-être avait-il aperçu un troisième acteur, par exemple le garçonnet jouant dans le parc, ou la servante en train de faire le ménage ! Le juge imaginait assez bien sa stupéfaction en comprenant tout à coup l'imposture, sur le chemin du portail, et le majordome devinant à son effarement que tout était perdu. Il était plausible que ce serviteur perfide eût alors décidé d'éliminer un témoin gênant. Profitant de l'absence de quidam, il avait saisi une branche morte, roué de coups sa victime et poussé le corps dans le courant de la crue. Il ignorait qu'il avait frappé si fort que sa victime était morte avant de tomber à l'eau, et que ses poumons étaient donc encore pleins d'air. Il ignorait surtout qu'un magistrat impérial à qui rien n'échappe était descendu à l'auberge. Il ignorait enfin que l'âme du défunt allait trouver assez de force dans sa soif de vengeance pour guider la dépouille vers ce fonctionnaire perspicace.

Le juge Ti s'étonna qu'après le meurtre du représentant en soie, qui avait été commis pour ainsi dire à la porte de chez eux, ils ne se fussent pas inquiétés de la tournure prise par les événements. M. et Mme Tchou gardaient la tête baissée. L'appât du gain, à cette date, était encore le plus fort : il étouffait en eux les doutes et les appréhensions. Leur tranquillité d'esprit s'appuyait sur la conviction de la supériorité de leur art, d'autant qu'ils n'avaient guère eu à l'expérimenter que sur le juge et son sergent. Seule Mlle Tchou releva la tête.

– Moi, j'ai tenté quelque chose, dit-elle avec une pointe d'arrogance.

– Toi ? s'étonna son père. Qu'as-tu donc fait, ma pauvre ?

Elle n'avait jamais eu confiance en ce majordome capable de remplacer ses maîtres par les premiers venus pour les voler après leur mort. Il n'avait pas de moralité, il leur parlait avec dureté et sa conduite était douteuse : il rôdait la nuit dans le domaine, à faire on ne savait quoi. Elle avait décidé de l'influencer. Ayant remarqué qu'il allait fréquemment honorer la déesse, dans la pagode au fond du parc, elle avait supposé qu'il était de nature superstitieuse et avait misé sur sa crédulité pour protéger les siens. Elle avait eu l'idée de gratter le dos de la statue pour en extraire des paillettes dorées. Une nuit, elle avait posté son petit frère sur une poutre du toit. Elle avait allumé une bougie et s'était cachée à l'extérieur du pavillon, dans le dos de l'effigie sacrée. Au bout d'un moment, le majordome était entré, attiré par la lumière. « Il y a quelqu'un ? », l'avait-elle entendu demander. Elle avait alors prêté sa voix à la déesse, en la rendant méconnaissable comme elle avait appris à le faire pour leurs spectacles. Le majordome l'avait entendue s'adresser à lui et lui intimer d'obéir à ses ordres.

Comme il était seul, il en avait conclu que c'était la statue qui lui parlait, dans l'atmosphère fantomatique de la nuit, à la lueur oscillante de la bougie. Elle lui avait ordonné de se conformer en tous points aux préceptes d'amour imposés par le Ciel et lui avait interdit de toucher à un cheveu de la famille qui habitait le château. Puis le petit garçon avait vidé au-dessus du serviteur son sac de paillettes, pour compléter l'effet.

– Comme dans le conte de la princesse aux cheveux d'or ! s'exclama son père. Tu lui as donné une représentation privée !

– Oui, père, répondit Mlle Tchou, non sans fierté. J'ai utilisé notre savoir pour m'assurer que cet homme louche ne s'en prendrait pas à nous, dans l'hypothèse où il en aurait eu l'intention. Un tel personnage est prêt à tout pour s'enrichir. Je ne lui ai jamais fait la moindre confiance.

Ses parents étaient abasourdis. En observant la jeune fille, le juge Ti se dit qu'elle n'avait pas seize ans, comme on le lui avait affirmé à son arrivée. Ce devait être l'âge de la véritable Mlle Tchou. À présent qu'elle ne jouait plus son rôle d'adolescente effarouchée, elle en paraissait au moins vingt-deux, ce qui expliquait son assurance.

– Et cela a fonctionné ? demanda sa mère.

– Jusqu'à un certain point... dit la fausse Mlle Tchou. Pour marquer le coup, j'ai eu l'idée de réitérer, une autre nuit, en allant encore plus loin. J'ai utilisé des artifices de nos spectacles. Avec une tête de poisson en carton-pâte, une queue en tissu, des feux de Bengale et la tiare de la princesse Li Gan, j'ai transformé une petite barque en carpe enchantée. Un soir où il y avait de la brume, je lui suis apparue en déesse du lac. Mon frère, recouvert d'une cape noire, ramait à côté de moi. Là encore, cet affreux bonhomme a paru impressionné. Mon apparition l'a fasciné. Hélas...

Elle n'acheva pas sa phrase et réprima un sanglot. Le juge Ti crut deviner sa pensée.

– Hélas, cela ne l'a pas empêché de faire un mauvais sort à votre grand-mère, conclut-il.

Mlle Tchou acquiesça du menton. Ses parents bondirent de surprise :

– Croyez-vous que cet immonde rapace soit pour quelque chose dans le décès de notre mère vénérée ?

Le juge Ti lissa lentement sa longue barbe noire.

– C'est fort possible, répondit-il. Si ce n'est lui, ce ne peut être que l'un d'entre vous. Pensez-vous que votre moine-cuisinier, ou votre comparse le « jardinier ».

– En aucune façon ! s'écria M. Tchou. Nous parcourons les routes ensemble depuis des années. Ma belle-mère avait son caractère, nous nous disputions souvent. Mais jamais aucun d'eux n'aurait touché à un cheveu de sa tête !

« Et puis il y a ce tas de lingots trouvé sur elle... songea le juge. Les vieilles personnes ont souvent le sommeil léger, et même des insomnies. Elle a très bien pu surprendre le majordome alors qu'il se livrait à des transports de fonds. Cela expliquerait son visage radieux, la dernière fois que j'ai discuté avec elle. Elle aura voulu lui voler une partie de son trésor, et il l'aura lestée avec son propre butin... Il faudrait savoir où se trouve la cachette... »

Il était primordial qu'ils continuent à tenir leurs rôles pour le majordome, en attendant d'y voir plus clair, ne serait-ce que durant les prochaines heures. C'était autant de gagné pour son enquête. En d'autres circonstances, il les aurait tous fait enchaîner et traîner au yamen, au tribunal. Mais ici, tout seul, comment faire ? Il ne pouvait guère compter que sur la peur qu'il leur inspirait pour les contraindre à collaborer. Ils étaient très coupables, le majordome l'était plus encore, et la disparition providentielle des véritables Tchou était embuée d'une zone d'ombre inquiétante. Il allait lui falloir un peu de temps et de paix pour y voir clair.

Song Lan entra avec une seconde théière de thé fumé. Il se fit un silence de quelques secondes.

– Votre Excellence a bien raison, les oranges de la province de Tchi-En-Lou sont beaucoup plus juteuses, mais elles ont davantage de pépins, dit Mme Tchou avec un parfait détachement, comme si la conversation n'avait fait que rouler sur les agrumes pendant les vingt dernières minutes.

Son mari avança la main vers la carafe de vin, puis renonça.

XIII

Le juge Ti tend un piège ; il découvre un trésor.

Le majordome Song Lan s'endormit ce soir-là comme une pierre, malgré les tourments qui l'obligeaient d'ordinaire à veiller une bonne partie de la nuit. Il rêvait qu'il planait au-dessus d'un lac d'or où des nymphes à la peau de jade l'appelaient de leurs voix mélodieuses, lorsqu'une douce musique le ramena à la réalité. Il alluma une lampe. Sa tête était lourde, sa vue brouillée. D'où venaient ces sons ? Est-ce que l'un de ces imbéciles d'acteurs s'amusait à répéter en pleine nuit, dans son château ? Ah, s'il avait pu se passer d'eux ! Il fallait sans cesse les rappeler à l'ordre, ils étaient pires que les anciens domestiques.

Il sortit sans bruit dans le corridor. Personne. Il avait du mal à se réveiller tout à fait. Pourtant, il n'avait pas bu d'alcool. La cuisine de ce moine, sûrement. Un frôlement l'attira un peu plus loin. Il lui sembla que quelqu'un errait dans les couloirs. Mais, chaque fois qu'il tournait un angle, il était seul. En suivant la musique, Song Lan atteignit la chapelle du château. Tout était calme, sombre, immobile. Alors qu'il allait s'en retourner, l'air se mit brusquement à embaumer l'encens, bien qu'aucun bâtonnet ne brûlât autour de lui. La musique se fit plus forte. Elle venait de l'autel, ou du ciel, il ne savait pas très bien. Tout à coup, plusieurs lampions s'allumèrent spontanément, éclairant d'une lumière flamboyante la statuette de la déesse, une réduction de celle de la pagode.

– Que se passe-t-il ? dit-il d'une voix qui se voulait autoritaire. Qu'est-ce que cela veut dire ? Où est tout le monde ?

Une voix sépulcrale s'éleva. « Ils dorment. J'ai étendu mon manteau de sommeil sur cette maison. Je désire te parler, à toi seul. Écoute-moi ! » Le majordome regarda autour de lui. Il ne voyait rien de particulier. Nulle âme qui vive.

« Prosterne-toi, mauvais homme ! dit la statue. Ver de terre désobéissant ! Est-ce ainsi que tu appliques mes ordres ? Crains ma colère ! Vois le bras armé qui va fondre sur toi ! »

Il y eut un éclair, de la fumée, et un démon grimaçant, muni d'un sabre, apparut à la droite de la déesse. Le majordome se jeta face contre terre.

« Je pourrais te réduire en cendres à l'instant même ! clama la déesse. Vois les bourreaux que je t'envoie ! »

Un second diable apparut de la même façon que le premier, du côté gauche, les traits rougeâtres, les yeux globuleux, les cheveux en bataille.

– Que voulez-vous, puissante déesse ? demanda Song Lan d'une voix tremblante.

« Je veux mon or ! répliqua la déesse. Cet or que je t'ai confié et que tu as laissé entre des mains impures. Va le chercher dans la chambre de ce fonctionnaire incompétent, rapporte-le là où tu l'as trouvé. Il n'est pas fait pour les sales mains d'une justice corrompue. Tu le reprendras plus tard, lorsque tu seras décidé à en faire meilleur usage ! Va ! Agis ! Je t'aiderai ! Mais ne me déçois plus ! »

Le majordome se releva. Les démons s'étaient éclipsés. Il recula avec effroi, s'inclina et quitta la chapelle en courant. Dans les cuisines, il choisit un long couteau. Il lui fallait un sac. Il retourna dans sa chambre. Tout était silencieux. On n'entendait même pas la respiration de ces acteurs stupides qu'il avait été forcé d'engager pour jouer le rôle de ses compagnons, ce moine obèse et ce jardinier à l'impulsivité criminelle. Il marcha jusqu'aux appartements des invités. La porte n'était pas verrouillée. Le sergent ronflait doucement sur sa natte. Song Lan poussa la seconde porte et pénétra dans la chambre du magistrat. Lui aussi dormait : il discernait, à la lumière de sa petit lampe, le renflement des couvertures. Au moindre geste, il n'hésiterait pas à lui planter sa lame dans le ventre. N'était-ce pas la façon la plus simple d'en finir ? Il faudrait bien un jour se débarrasser de lui, comme des autres, si la situation venait à s'éterniser. Il n'était plus à trois gouttes de sang près.

Les lingots trônaient sur une table, comme s'ils avaient attendu la visite de leur propriétaire. La déesse avait raison : cet idiot de juge n'était pas digne de les posséder. Song Lan les enfouit l'un après l'autre dans son sac. Il était nerveux. L'un d'eux lui échappa et tomba sur le plancher avec un bruit à réveiller les morts. Le ronflement dans la pièce à côté s'interrompit. Le majordome tendit l'oreille avec anxiété, serrant les doigts sur son poignard. Au bout de quelques instants, le ronflement reprit. La silhouette du juge endormi n'avait pas bougé. Song Lan se dit que la protection de la déesse n'était pas un vain mot. Il termina son ouvrage et quitta les lieux par la coursive.

Le vent agitait furieusement la cime des arbres. C'était bien une nuit à apparitions magiques. Il se hâta vers la pagode en frissonnant, son fardeau contre sa poitrine. Comme il fallait avoir envie de ce magot pour se livrer à ces manipulations sans fin ! Il ne vivait plus que dans le meurtre et le mensonge. Et voilà que les divinités s'en mêlaient ! Il n'était pas mécontent, au fond, qu'elles lui apportent leur approbation. Car c'était là ce qu'il avait compris de ces injonctions célestes. Qu'importait ce que lui disait la déesse. Elle s'était dévoilée à lui, dans son éclatante nudité, elle avait éprouvé le besoin de lui adresser des messages : il était son élu. Certes, il s'était permis une petite entorse à ses recommandations. Mais cela avait été nécessaire, elle ne lui en voulait pas. Quel homme pouvait se vanter d'être à la fois riche et admis dans l'intimité des dieux ? Son acte l'avait rapproché des êtres supérieurs, il échappait à la communauté des mortels. Il était presque un dieu lui-même ! Rien ne pouvait plus se mettre en travers de son chemin ! Il avait le pouvoir absolu, la déesse le protégeait, elle le jugeait digne d'elle. Et si jamais ce petit magistrat prétendait contrarier ses projets, il savait bien ce qu'il ferait de lui.

Il atteignit la pagode. Trois lampions en éclairaient l'entrée. La déesse l'attendait, elle lui montrait le chemin. Ce chemin, il le connaissait bien. Il contourna l'édifice, dégagea des branchages et sortit une clé de sa manche. Ayant approché sa lampe, il trouva la serrure, ouvrit et pénétra à l'intérieur. Quelques instants plus tard, il ressortait, replaçait l'agencement des feuilles, et se hâtait vers la chapelle pour rendre compte de sa mission.

L'odeur d'encens était toujours aussi prégnante.

– J'ai obéi, puissante déesse, dit-il, face contre terre.

Accepte de me renouveler ton aide. Je te servirai toujours fidèlement. Je bâtirai pour toi un temple magnifique, dans la province où je m'installerai bientôt. Tu seras contente de moi.

« Qu'il en soit ainsi », répondit la voix sépulcrale. Et les lampes s'éteignirent d'un coup. Tout devint noir. Le majordome se retira après s'être incliné une dernière fois et retourna se coucher, bien qu'il fût tout à fait incapable, cette fois, de trouver le sommeil.

Le lendemain, après le riz du matin, le moine vint l'avertir que Son Excellence avait exigé d'avoir de la carpe à son déjeuner.

– Depuis quand ce chien se permet-il de dicter les menus ? grogna le majordome. De toute façon, vous avez laissé les bacs couler à pic, comme tout dans cette maison : ils sont vides, à présent. Ce prétentieux fonctionnaire mangera ce qu'il y aura.

– Il n'est pas de bonne humeur, objecta le moine. J'ai eu le malheur de lui dire que j'avais relevé l'un des bacs flottants. Certaines carpes y sont revenues, par habitude d'être nourries, pour glaner quelque chose à manger. Il suffit d'y aller avec une épuisette, il n'y en a pas pour longtemps. Aide-moi. Sans toi, je n'y arriverai pas et cela éveillera ses soupçons.

Song Lan le suivit en ronchonnant. Les bacs étaient noyés. L'un d'eux surnageait vaguement. Le moine s'approcha de l'eau, l'épuisette à la main. Les deux hommes scrutèrent l'intérieur du bassin.

– J'en vois une, là ! s'écria le cuistot.

Ils ramenèrent un premier poisson, puis un deuxième, qu'ils jetèrent dans un seau.

– Il en faut au moins une troisième, dit le moine. Je la vois ! Aide-moi !

Il se pencha brusquement en avant, bascula, et s'agrippa fermement au majordome, qu'il entraîna dans sa chute. Les deux hommes tombèrent à l'eau.

– Imbécile ! Maladroit ! Criminel ! cria Song Lan dès qu'il refit surface.

Une fois sortis du lac, les pêcheurs coururent se mettre au chaud, leurs carpes au bout des bras.

– Mes pauvres amis ! s'écria Mme Tchou en les accueillant sur le perron. Que vous est-il donc arrivé ? Vous auriez pu vous noyer ! Nous avons eu assez de malheurs comme ça !

Déjà sa fille accourait avec des serviettes sèches. Les deux femmes se mirent à les frictionner. Elles les poussèrent à l'intérieur et leur préparèrent du thé brûlant.

– Vous allez attraper la mort ! dit Mme Tchou. Changez-vous immédiatement. Je vais vous concocter une potion salutaire contre les refroidissements.

Elle était bien prévenante. Les deux hommes se laissèrent bichonner comme des enfants, engourdis par la lueur du brasero devant lequel ils se réchauffaient. Le majordome vérifia machinalement qu'il n'avait pas perdu sa clé dans sa chute. Non, il la sentait toujours à l'intérieur de sa manche.

Le petit garçon rejoignit en courant le juge Ti, qui attendait près de la pagode.

– Maman a dit de vous apporter ceci.

Sa petite main tenait une grosse clé tachée de vert-de-gris. Le juge s'en saisit.

– Sais-tu siffler ? demanda-t-il.

– Bien sûr, Noble Juge ! Je sais tout faire, moi ! Je sais grimper sur les toits pour jouer de la flûte, et faire des cabrioles !

Il s'apprêtait à le lui montrer. Le juge Ti l'arrêta :

– Ce ne sera pas nécessaire pour l'instant. Tu nous as déjà bien aidés cette nuit.

Il lui enjoignit de faire le guet, caché derrière un arbre, au cas où la substitution serait découverte. Il contourna le pavillon comme il l'avait vu faire au serviteur, la nuit précédente, dégagea les branchages et déblaya la petite porte, qu'il ouvrit sans peine à l'aide de sa clé. Il avait pris soin de se munir d'une bonne lampe, qu'il alluma. Il traversa une première pièce basse de plafond, sale, poussiéreuse, couverte de toiles d'araignée. Il était difficile d'imaginer qu'un trésor dormait ici. Dans un angle, une volée de marches s'enfonçant dans le sol menait à une seconde porte, vermoulue, qu'il ouvrit avec la même clé. Une odeur d'humidité le saisit. Levant sa lampe, il vit que de l'eau suintait des murs. Sur l'un d'eux, où saillait une roche, était accroché un curieux assemblage de tissus et de cadres en bois. À quoi cela pouvait-il bien servir ? Les cadres, vernis avec soin, étaient tendus d'une fine étoffe de soie détrempée. L'eau de la roche s'écoulait imperceptiblement de soie en soie, pour finir par disparaître dans une rigole du sol.

Le juge remarqua alors un détail extraordinaire. Ce n'était presque rien, une trace infime, un minuscule éclair doré : de l'or se déposait dans chacun de ces cadres, qui agissaient comme des filtres. L'eau, à son passage, laissait son tribut d'or, jour et nuit, sans jamais s'interrompre. D'heure en heure, c'était très peu, mais cela finissait probablement par représenter au bout de l'année des quantités intéressantes. Le juge Ti chercha des yeux où pouvait être réunie la moisson ainsi récupérée. Il avisa deux coffres. Le premier recelait un énorme tas de poussière d'or. Dans le second gisait une réserve de lingots issus de la fonderie qu'il avait découverte près des cuisines. Il dut s'asseoir. Il venait d'éventer le secret de la famille Tchou, celui qu'ils se léguaient de génération en génération, sans jamais l'avoir partagé avec les villageois. Il avait devant lui l'explication de leur soudaine opulence. Voilà pourquoi ils nourrissaient une telle dévotion pour ce lac : ils lui devaient l'intégralité de leur fortune.

Ti imagina l'humble pêcheur du siècle précédent, ce pauvre Tchou sans prétentions, mais plein d'ingéniosité, qui, un jour, en jetant ses filets, avait découvert cette caverne, ce trou où suintait un ruisseau d'or fin. Il avait dû imaginer ce système pour récupérer l'or petit à petit, sans fatigue, sans attirer l'attention, avec une patience infinie... Et quelques années plus tard c'était un homme riche ! Le pêcheur s'était changé en propriétaire terrien. Il n'avait rien eu de plus pressé que d'acquérir cette île, ce lac et toutes les terres avoisinantes, pour les interdire aux curieux. Il suffisait à ses descendants de relever les filets de temps à autre, de renouveler les toiles de soie, pour disposer d'une fortune inépuisable dont, depuis longtemps, ils ne savaient plus que faire.

Ainsi, le mensonge n'avait pas commencé avec l'imposture des comédiens. Les Tchou étaient des menteurs par tradition. Les menteurs actuels n'avaient fait qu'en remplacer d'autres. C'était à croire que l'atmosphère de ce lac était empoisonnée, pour que nul n'y dise jamais la vérité. Elle était polluée par l'or qui s'écoulait de ce rocher. Le vieux Tchou le lui avait bien dit : ce trésor faisait leur malheur, c'était leur malédiction. Ils s'étaient enrichis, mais avaient été incapables d'échapper à l'emprise du lac, ils ne l'avaient jamais quitté, ne s'en étaient pas éloignés d'un pas ; toute leur existence tournait autour de lui comme un naufragé fait sempiternellement le tour de son île. Ce domaine n'était pas un refuge, c'était une prison. L'or de la déesse ne les avait pas libérés : il les avait enchaînés à elle, irrémédiablement. Ils avaient été ses esclaves. Et maintenant qu'ils avaient disparu... c'était Song Lan qui était devenu son jouet ! Elle l'avait envoûté.

Le juge Ti tâcha de reprendre ses esprits. La proximité de cette fortune, pour ainsi dire abandonnée dans une cave humide, lui tournait la tête. Il y avait là de quoi s'installer dans la capitale et y mener grand train pendant plusieurs générations. Quelle tentation !

Il aperçut une nouvelle porte, dans le fond de la caverne. Elle n'était pas verrouillée. Lorsqu'il l'ouvrit, une curieuse odeur le prit à la gorge. Il posa un mouchoir sur sa bouche et entra. Quand il leva sa lampe, un spectacle macabre s'offrit à lui. Là, sur le sol, étaient allongés les uns à côté des autres sept cadavres, il y avait un couple d'une quarantaine d'années, richement vêtu d'un coûteux brocart. L'homme portait une fine moustache. La femme était petite et replète. À côté d'eux dormait pour l'éternité une jeune fille d'une quinzaine d'années. Puis venait un petit garçon. Enfin, trois domestiques, aux vêtements plus simples, mais dont les visages conservaient par-delà le trépas cet air de dignité qui sied aux serviteurs de grandes maisons. Les faux Tchou, à côté de ceux-ci, faisaient plus que jamais figure de caricatures.

Le juge Ti salua respectueusement les défunts : il venait de rencontrer ses véritables hôtes. Il faisait frais, comme dans la crypte d'un monastère de montagne. Cette cave aurifère était un sinistre mausolée. Le juge comprit pourquoi la comédienne avait eu du mal à entrer dans les robes de son modèle : les deux femmes n'avaient pas du tout le même gabarit. En revanche, M. Tchou avait un point commun avec celui qu'il connaissait : une même mollesse dans le visage, exprimant sans doute, dans le cas présent, l'indolence d'un homme qui n'avait jamais rien eu d'autre à faire que d'aller relever des étoffes maculées d'or, et comme unique charge, celle d'occuper ses loisirs comme il le pouvait. Leurs traits étaient sereins : la vie n'avait été qu'un intermède, ils s'en étaient allés rêver ailleurs. Le juge ne releva nulle trace de maladie, ni joues creusées, ni cheveux trempés de sueur. Comment ces gens, qui avaient succombé aux fièvres, pouvaient-ils avoir l'air si reposés, si tranquilles ?

Le juge Ti sentit monter un mal de crâne. Il quitta cette pestilence avant de s'évanouir et referma derrière lui. Il remit en place les branchages tant bien que mal et s'éloigna, le cœur au bord des lèvres.

Le gamin courut à lui de toutes ses jambes :

– Alors ? demanda-t-il avec une curiosité avide. Vous avez trouvé le trésor, oui ou non ?

Le juge haussa les sourcils. Cet enfant n'était pas bien pénétré de l'importance d'un magistrat impérial.

– Je n'ai rien trouvé, mon petit ami, répondit-il pour le décourager d'aller fouiner de ce côté. C'est sale et il y a des bêtes. Rapporte cette clé à ta mère, pour qu'elle la remette à sa place. Je la verrai tout à l'heure.

Le petit garçon prit la clé avec déception et courut vers le château. Quant au juge Ti, il dut aller respirer sur la grève pour chasser jusqu'au souvenir de l'odeur qui s'accrochait à ses vêtements.

– Alors ? lui demanda Hong Liang quand il eut refermé derrière lui la porte de ses appartements.

– Où est le majordome ? demanda le juge.

– Nous avons pris soin de l'occuper, ainsi que vous nous l'aviez ordonné. Mme Tchou a habilement escamoté la clé tandis qu'elle le frictionnait, et l'a remplacée par une autre, similaire. Il ne s'est aperçu de rien et n'a pas quitté la pièce. Le moine passe son temps à éternuer. Puis-je demander à Votre Excellence si elle a trouvé ce que nous cherchions ?

– Oh, oui, répondit le juge avec un soupir. J'ai trouvé l'or. Et les cadavres en prime.

– Ces Tchou sont donc bien morts ? dit le serviteur, résolu à lui tirer les vers du nez. Quelle tristesse ! Que leur est-il arrivé ?

– Empoisonnés, sûrement.

– Comment Votre Excellence le sait-elle ?

– J'ai goûté la cuisine qu'on sert ici.

Il se plongea dans ses pensées. Il avait tout : le mobile, le butin, les dépouilles des victimes, et l'assassin était à portée de main. Dans d'autres conditions, cela aurait été une affaire réglée.

Le juge Ti se demanda s'il devait faire un scandale au sujet de l'or volé dans sa chambre. Cela posait un problème. Il n'était pas, lui, un acteur professionnel. Il craignait que sa saillie manquât de véracité. Mieux valait ne rien faire, comme s'il ne s'était pas encore rendu compte de l'escamotage. Il était inutile de compliquer encore ses rapports avec ce triste individu.

Les Tchou, quant à eux, tenaient leurs rôles avec une maestria inusitée. C'était du grand art. Ils entretenaient dorénavant une complicité avec une partie de leur public, comme lorsqu'ils interprétaient des mystères pour les badauds. Leur auditoire savait qu'ils jouaient, et cela changeait tout. Seuls avec le juge Ti, ils étaient détendus. Lorsque entrait le majordome, la représentation était pour lui. C'est quand ils se trouvaient seuls avec leur serviteur-employeur qu'ils étaient le moins à l'aise – mais cela ne le changeait guère de la période précédente. Il n'avait pas fallu longtemps pour que cet homme les inquiétât : sa dissimulation, ses colères, ses emportements qui suivaient de si près ses assauts d'amabilité cauteleuse, tout cela leur donnait froid dans le dos depuis le début. Très vite il avait été trop tard. Leur appât du gain s'était mué en une peur glacée d'un personnage imprévisible, dont on pouvait tout craindre parce qu'on n'en percevait pas les limites.

Seul à table avec les Tchou, le juge Ti surprenait des regards, des gestes qui n'avaient pas leur place dans leur jeu, ils soufflaient, se relâchaient. À l'arrivée du majordome, tout reprenait instantanément sa place, comme des marionnettes dont le maître tire soudain les fils. Les sourires convenus revenaient sur les lèvres, les yeux perdaient leur expressivité, des phrases banales étaient prononcées de manière machinale.

– Vos épouses supportent-elles bien vos changements d'affectation tous les trois ans ? demandait Mme Tchou de sa plus belle voix de maîtresse de maison attentionnée.

Plusieurs fois, le juge crut lire sur le visage du majordome, presque impénétrable, qu'il était content d'eux : jamais ils n'avaient si bien tenu leur place de châtelains compassés. Il était enfin satisfait, au moment précis où ils le trahissaient.

Il leur arrivait même, pour se distraire, de se moquer de lui. Le juge, à présent attentif à leur jeu, repérait dans leur conversation de larges pans du théâtre classique. Ils récitaient devant le « serviteur zélé » des tirades entières, sur le ton le plus banal, et riaient sous cape de son impassibilité. L'homme n'était pas un érudit, les lamentations de la pauvre princesse Koï-Né ou les exhortations du roi-singe transposées dans la vie courante, dont M. Tchou faisait mine d'abreuver son fils, lui passaient au-dessus de la tête. Lorsque l'un des quatre acteurs laissait échapper par hasard une phrase outrée ou emphatique, récitée sur un ton de tragédie, le majordome se contentait de lever discrètement les yeux au ciel, rassuré de voir que le juge ne s'en émouvait pas. Il était le dindon de la farce et croyait qu'on se moquait d'un autre. La situation aurait été comique s'ils n'avaient dansé sur des cadavres.

Combien de temps cela pouvait-il continuer ? Le juge sentait bien qu'il leur demandait un effort croissant, en dépit de leur naturel apparent. Leurs nerfs ne tiendraient pas au-delà de deux ou trois jours. Il devenait urgent de recevoir des secours.

– Ne pourrions-nous pas maîtriser cet homme en attendant de le livrer à l'armée ? glissa M. Tchou à l'oreille du juge.

En réalité, ce dernier n'était pas tout à fait certain que le majordome était bien son coupable. Et même s'il l'était, qui lui assurait que les Tchou n'étaient pas ses complices ? Il préférait s'en tenir à ce statu quo. Mieux valait que rien ne bougeât en attendant de pouvoir laisser s'abattre le glaive de la justice. Hélas, force lui fut de constater que ses alliés donnaient des signes de lassitude ; ils se mettaient à patiner. M. Tchou attachait avec moins de soin la longue barbe postiche qui faisait beaucoup pour changer un acteur de seconde zone en honorable patricien ; elle se décollait lorsqu'il lapait sa soupe, ce qui obligeait son hôte à faire semblant de ne rien voir.

Mi par intérêt, mi par compassion, il leur donna une date butoir : si rien n'avait changé au matin, ils saucissonneraient le majordome et enverraient Hong Liang braver les flots à la recherche d'une aide, quelle qu'elle soit.

XIV

Le juge Ti cherche en vain du secours ; tout le monde meurt.

Le juge leva les yeux de l'étude sur Lao-Tseu où il cherchait la solution à ses problèmes. Quelque chose avait changé. Un rayon de soleil baignait la fenêtre. Il sortit sur la coursive. Les nuages se dissipaient nettement, laissant place à un soleil tel qu'il ne l'avait plus vu depuis des semaines. Il entendit un bruit de course.

– Noble Juge ! cria le petit garçon du plus loin qu'il le vit. Vous avez vu ? Il fait beau ! La déesse chasse la pluie pour que la ville puisse l'honorer sur la rivière ! Nous sommes sauvés !

Puis il repartit en sens inverse en criant : « Il fait beau ! Il y a du soleil ! Nous allons pouvoir fêter la déesse ! Je veux un dragon en papier ! »

Était-il possible que ces vieilles superstitions reposent sur un fond de vérité ? De fait, si cela continuait ainsi, la rivière se calmerait très vite. Dès demain peut-être, les villageois pourraient se consacrer à leur fête de la perle. C'était sur des journées comme celle-ci que s'appuyaient les légendes régionales. Combien de temps faudrait-il pour que l'un ou l'autre prétendît avoir vu la déesse écarter elle-même les flots d'un coup de queue ? Parcourant la promenade couverte pour admirer les rayons du soleil sur le lac, il croisa chacun des habitants du château. La face radieuse, ils étaient tous en adoration devant ce qui leur paraissait un prodige, tant ils l'avaient espéré. La fin de cette épreuve signifiait pour eux bien davantage que pour les villageois. Il n'était pas jusqu'au majordome qui ne regardât les vaguelettes avec une expression de ravissement. Que pouvait-il penser ? Le juge se dit qu'il lui avait rarement été donné d'observer dans l'intimité le visage d'un meurtrier en sachant pertinemment que cet homme, ou cette femme, était coupable. Cela avait quelque chose de fascinant. Il contemplait le visage du crime. Eh bien, cet homme semblait fait comme tout le monde. Il fallait toute la conviction du juge pour percevoir, à travers cette apparente bonhomie, le rictus de la violence et de la mort. Il en eut un frisson.

Une heure plus tard, l'eau avait entamé sa décrue. Le juge Ti songea que le courant, devant le portail, devait déjà être moins fort. Son enquête était close. Il importait d'aller chercher de l'aide en ville, pour mettre aux fers cet assassin. Seul le Ciel savait ce qu'il pouvait encore tenter contre l'un ou l'autre des habitants du château, voire contre lui, magistrat.

Sans prévenir quiconque, il se rendit au bout de l'allée avec Hong Liang. Deux barques reposaient près du portail. Ils en tirèrent une vers le flot, qui en effet s'était un peu calmé. Lorsque le juge prit place à l'intérieur, il sentit ses souliers se tremper. L'eau pénétrait à petits bouillons par un trou pratiqué dans le fond.

– Prenons l'autre barque, dit-il en quittant précipitamment celle-ci.

Alors qu'ils tiraient la seconde embarcation, Hong Liang s'interrompit et désigna le plancher :

– Regardez, Noble Juge. Celle-ci aussi est défoncée ! C'est du sabotage !

Plusieurs ouvertures avaient été percées, rendant impossible un colmatage de fortune. Quelqu'un voulait les empêcher de s'en aller. Le juge Ti avait une idée de qui cela pouvait être. Song Lan avait-il éventé leur supercherie nocturne ?

Le majordome se tenait devant la charrette des comédiens. Elle avait été partiellement débâchée. Ils avaient touché à leurs affaires : des objets avaient été retirés de l'amoncellement, d'autres remis en place. Ils s'apprêtaient donc à s'enfuir. Mais lui ne l'entendait pas de cette oreille ! Il s'était déjà occupé des barques. Quant à eux, c'était dorénavant une question d'heures. « Ne laisse pas mon or entre des mains impures », avait dit la déesse du lac. Non, il n'allait pas la trahir. D'ailleurs, pourquoi partager ? Il allait tout garder, lui seul en était digne. Il n'était plus à un meurtre près. Après avoir expédié ses bons maîtres, que lui importait la vie de quelques mauvais comédiens et d'un juge incapable ? C'était l'affaire d'un instant, il suffirait d'un rien. La crypte pouvait bien encore accueillir quelques pensionnaires. On ne les retrouverait jamais.

Il passa le reste de l'après-midi à préparer son départ. Les filtres avaient bien donné. La poudre d'or était récoltée, il n'avait plus qu'à la dissimuler dans un accessoire de cérémonie, une statue en carton représentant la déesse, qu'il porterait lui-même sur la rivière. Puis il se ferait déposer sur l'autre rive, en aval du village, achèterait un cheval à Ho-Cha ; sa nouvelle et brillante existence débuterait enfin.

La journée fut splendide. L'eau s'était retirée, comme promis par les anciens, pour permettre la célébration nautique. Le lac avait presque retrouvé son niveau normal. Les lotus étaient sur le point de resurgir comme si rien ne s'était passé. On pourrait sous peu passer à gué le flot devant le portail.

Le juge Ti, pour calmer son impatience, alla consulter quelques ouvrages savants dans cette bibliothèque qui n'intéressait guère que lui. Le petit garçon feuilletait des dessins de femmes-renardes et de singes vêtus en êtres humains illustrant un recueil de contes.

Peu avant le dîner, la maîtresse de maison pénétra dans la pièce et vint murmurer quelques mots à l'oreille du magistrat. Puis elle passa la main dans les cheveux de son fils, avec un sourire énigmatique, et se retira.

– Sauriez-vous me dessiner un démon ? demanda l'enfant.

Il rappelait au juge ses propres fils. Sa famille commençait à lui manquer. Ses épouses devaient se demander s'il était toujours vivant, elles étaient sûrement folles d'inquiétude. Avec un peu de chance, il serait bientôt en mesure de les rassurer.

– Lis donc plutôt ce récit, répondit-il. Tu m'en feras un résumé tout à l'heure. Si tu ignores certains mots, je te les expliquerai.

Il se rendit directement, sans faire de bruit, à la cour où Mme Tchou avait son jardin d'orchidées. C'était, sous ce rayon de soleil, un émerveillement. Il fit mine de s'intéresser à diverses fleurs, et s'approcha du buisson dont il avait indiqué à la maîtresse de maison qu'on pouvait en extraire un poison violent. Ainsi que cette dernière venait de le lui annoncer, des feuilles avaient été coupées, sur l'arrière, de façon à ne pas déparer l'ensemble. Il avait bien fait de recommander la plante à l'attention de cette femme et de la prier de le prévenir si elle notait, au cours de ses soins, le moindre changement suspect. Il passa à une autre fleur, puis revint à l'arbuste comme si de rien n'était, et compta combien de feuilles pouvaient manquer. Dix, vingt, vingt-cinq au moins... C'était assez pour empoisonner une garnison.

Le gong du dîner résonna. Les Tchou se tenaient dans la salle à manger, dans l'expectative. Il leur fit un signe de tête en guise d'assentiment. Oui, la plante vénéneuse avait bien été récoltée.

Le majordome apporta les plats et le thé. Où avait-il mis le poison ? Dans les sauces ? En infusion dans la théière ? À l'intérieur des poissons ? Ou partout à la fois ?

Ils tinrent des propos de principe tandis que le serviteur semblait attendre de les voir avaler leur repas. Nul ne mangeait ni ne buvait. Le plus difficile était d'entretenir la conversation. Il fallait un prétexte pour faire sortir l'empoisonneur.

– Ce porc mariné serait meilleur avec un peu de gingembre râpé, dit la demoiselle, dont le juge Ti admira le sang-froid.

– Oui, répondit sa mère. Allez en chercher dans la réserve, Song.

Avant que le serviteur ne quittât la pièce, le juge remarqua ses mains, agitées d'un très léger tremblement nerveux.

Aussitôt qu'il eut disparu, Ti avisa une grosse potiche, dont il ôta le couvercle. Les Tchou se hâtèrent d'y vider la moitié de tous les plats et le contenu de leurs tasses.

À son retour, Song Lan trouva le juge Ti en travers de son fauteuil, la langue pendante. Il ne respirait plus. L'acteur était affalé sur la table, une main posée sur la carafe de vin. Sa femme gisait sur le sol, ainsi que les deux enfants, la fille sur le dos et le fils sur le ventre, face contre terre. C'était fini. Il posa le plateau sur la table et alla inspecter les communs. Dans la cuisine, le moine était étendu sur le carrelage, un couteau à la main, comme s'il avait voulu se défendre de quelque fantôme au moment de faire le grand saut. Le majordome écarta les doigts crispés et posa l'arme sur la table. Dans le corridor de la réserve, il dépendit une clé de son crochet et ouvrit la porte du garde-manger. Il avait lui-même apporté son repas au jardinier quelques minutes plus tôt. Lui aussi reposait inerte, étendu sur sa natte, face au mur. Dans son agonie, il avait renversé les bols, dont le contenu avait roulé sur le plancher. Le majordome, par réflexe, se pencha pour remettre les objets en ordre. Puis il se ravisa et rit intérieurement de sa propre sottise : « Heureusement, je n'ai plus à nettoyer ! », se dit-il. Dorénavant, il aurait toujours du monde pour accomplir à sa place les tâches ménagères. Il ne voulait plus toucher un torchon de sa vie. Il aurait une armée de valets. C'était cela, le vrai luxe : un employé pour chaque tâche. Il ne voulait plus même devoir s'habiller ni se laver. Des femmes feraient cela pour lui, d'anciennes prostituées fraîches et dociles, qu'il achèterait à leurs souteneurs après les avoir essayées... Il lui faudrait inventer des corvées pour employer davantage de serviteurs. Chacun d'eux lui rappellerait son esclavage passé et le miracle qui lui avait permis d'y mettre fin.

Un jour, tandis qu'il venait prier la déesse de la pagode, il avait vu le vieux M. Tchou, qui perdait la tête, ouvrir la porte de la crypte sans avoir pris la peine de s'assurer qu'il était bien seul. Aiguillonné par la curiosité, il ne lui avait pas été difficile de lui subtiliser la clé pour aller y jeter un coup d'œil. Ce qu'il avait vu continuait de briller au fond de ses pupilles : il y avait contemplé la fin de ses fatigues, de ses humiliations, et surtout de cette épouvantable envie qui rongeait son cœur depuis l'enfance. Pourquoi ne menait-il pas, lui aussi, cette existence facile de luxe et de plaisirs ininterrompus ? Pourquoi n'était-il pas né riche, plutôt que fils d'humbles paysans ? Il valait bien l'un de ces Tchou, vains et amollis par cinq générations de paresse ! Il s'était avili en entrant à leur service par désir de se rapprocher de sa vie rêvée. Chaque jour, il pouvait les regarder mener l'existence à laquelle il aspirait. Au début, cela l'avait émerveillé. À la longue, cette injustice du sort s'était muée en une souffrance permanente. Les Tchou n'étaient pas à la hauteur de leur fortune, de leur chance insolente. Grâce au ciel, un jour, l'équilibre s'était inversé. Il était à présent le maître. Eux ne se réveillaient plus pour exiger leur riz du matin, leurs hochets, leurs artifices, et son aide, toujours son aide, comme s'ils ne pouvaient vivre sans le voir se rabaisser devant eux ! Il était libre ! Et cela ne changerait plus jamais.

Ses préparatifs étaient presque achevés. Il était certain que les barques processionnelles étaient prêtes à quitter le village. La déesse avait respecté sa promesse : il faisait beau et les eaux se retiraient devant lui pour lui permettre de s'enfuir.

Il restait quelques lingots à prendre dans la crypte. Il traversa le parc, dans la lumière déclinante où les arbres rougeoyaient. Cela lui rappela le sang s'échappant de la tête du représentant en soie. En le reconduisant, puisque cette coquette imbécile n'avait pu s'empêcher de le recevoir, il avait senti que ce vil marchand supputait l'usurpation. Il était resté interdit en regardant l'enfant jouer près du perron, vêtu en petit seigneur. Dès lors, Song Lan avait su ce qu'il lui restait à faire. Il avait agi sans hésiter, un souffle avait suffi.

Expédier le bonze lui avait demandé plus de préparation. Il lui avait apporté de la part de ses maîtres l'un de ces plats à l'aide desquels ce moine luisant les assassinait à petit feu. Pour le rendre plus appétissant, il l'avait assaisonné de cette plante admirable qui lui avait déjà servi à envoyer ses maîtres et ses compagnons de douleur dans un monde parfait. Il avait expliqué à ce glouton de prêtre, en le regardant dévorer ses offrandes, que les Tchou le recevraient bientôt : il n'avait pas à s'inquiéter. Oui, il les verrait, sans faute. Non, il n'y avait pas lieu de s'alarmer, vraiment. Après quelques bouchées, le bonze s'était renversé en arrière. Song Lan avait tenu parole : il les voyait, ces Tchou qu'il aimait tant... en enfer ou au paradis. Il ne restait plus qu'à le pousser dans la cour inondée. La déesse avait pourvu à tout : elle lui avait offert des camouflages pour chacun de ses crimes.

Tuer la vieille actrice avide lui avait fait presque plaisir. La chienne avait osé lui voler une part de son magot ! Chaque nuit, il venait contempler son or, cet or pour lequel il avait souillé son karma. Elle avait des insomnies ; sans doute l'avait-elle suivi, la folle. Elle aurait pu prendre ce qu'elle voulait et s'en aller. Pourquoi avait-elle poussé la seconde porte, celle du sépulcre ? « Assassin ! », lui avait-elle lancé quand il l'avait surprise, ses lingots sur l'épaule, à la sortie de la crypte. Il avait été pris d'une rage aveugle. Il ne se rappelait plus très bien les détails, mais il lui semblait qu'il l'avait étranglée. Il n'avait pas eu à chercher longtemps comment se débarrasser de la dépouille. Il avait lesté son corps avec le fruit de sa profanation et l'avait balancée à l'eau pour qu'elle repose à jamais dans la vase. Sans ce magistrat, elle y serait encore.

Arrivant devant la pagode, il eut la surprise de voir trois lampions allumés. C'était bizarre, il ne faisait pas encore nuit. Irrépressiblement attiré, il gravit les quelques marches : le temps était venu de remercier une dernière fois sa protectrice pour ses bontés.

Un horrible spectacle l'attendait. Là, devant la statue, assis sur le sol entre des bâtonnets d'encens fumants, il vit le corps du fils Tchou, ce petit garçon qu'il avait tué deux semaines plus tôt. Le garçonnet le regardait de ses yeux livides. Comment était-ce possible ? Qui l'avait déposé là ? Tout le monde était mort ! Il lui sembla lire sur le visage doré de la sirène une expression furieuse : le front de métal s'était plissé, les sourcils de jade s'étaient froncés, la bouche aux dents d'ivoire se tordait en une moue de dégoût. Que faisait là cet enfant ? S'était-il relevé de sa crypte ? Ses parents allaient-ils faire de même ? Il y eut un craquement dans son dos. Song Lan se retourna d'un mouvement vif, s'attendant à voir des silhouettes macabres marcher vers lui d'un pas traînant.

Il n'y avait personne. Pris de panique, il s'enfuit dans l'allée du parc, sans savoir où il allait. Au troisième tournant, il vit des lumières qui approchaient. Des spectres sortaient de la maison ! Des spectres qui avaient le visage de ses victimes ! Ils étaient guidés par des feux follets ! Les âmes de ses maîtres ! Ils le cherchaient ! Ils venaient de ce côté ! Pour se venger !

Il rebroussa chemin et courut à la caverne. Son or était toujours là. Il saisit ce qu'il pouvait porter, deux paquets lourdement chargés, reliés ensemble, qu'il posa sur ses épaules, de part et d'autre de son cou, et ressortit. Les lumières étaient plus proches. Il discernait parfaitement les traits du juge défunt, de son sergent et des autres habitants de la maison, qu'il avait vus morts quelques minutes plus tôt. Que faire ? Où aller ? Comment leur échapper ?

Il découvrit un nouveau prodige. Par magie, le lac s'était changé en nappe d'or. C'était un appel.

– Merci ! cria-t-il à la déesse. Je viens ! Je t'apporte ton or ! Sauve-moi !

Il se précipita dans l'eau, ses sacs autour du cou. Il s'aperçut bientôt qu'il lui était impossible de nager. Le métal, bien trop lourd, l'entraînait vers le fond. Qu'importe ! Il s'efforça d'avancer, quitte à couler avec lui : la déesse saurait bien quoi faire une fois qu'il l'aurait rejointe.

Lorsque le juge Ti arriva sur la berge, son assassin avait déjà disparu. À force de scruter la surface en se protégeant les yeux du soleil qui l'irradiait, il crut voir une queue de poisson étonnamment longue plonger dans les profondeurs. Un banc de carpes dorées sauta dans le lointain. C'était l'heure où les poissons chassaient, et la chasse avait été bonne. Le juge Ti se demanda si, d'une certaine façon, la divinité n'avait pas eu la peau de l'ignoble individu.

– Le stratagème de Votre Excellence lui a fait perdre l'esprit, dit Mlle Tchou. Il s'est noyé de son propre chef !

– C'est la femme-poisson qui l'a noyé, corrigea le moine. Elle a été fâchée de constater la mort des Tchou, lorsque nous avons déposé devant elle le petit cadavre. Elle a découvert la tromperie. Il n'a pas fallu une heure pour qu'elle en tire vengeance. Vous avez bien fait d'en appeler à elle, Noble Juge. On ne se tourne jamais en vain vers les puissances invisibles.

– Justice est faite, laissa tomber Mme Tchou, qui songeait au trépas de sa mère.

– Et ainsi se termina l'aventure pour la suite des temps, conclut son mari, paraphrasant un vieux conte traditionnel qu'il avait coutume de représenter sur les marchés.

– Seul le Ciel sait ce que son imagination malade lui aura fait voir, murmura le juge, et pourquoi il a été pris de cette panique irrationnelle.

Le soleil couchant teignait d'or la surface du lac.

– Regardez ! cria l'enfant, qui avait de bons yeux, en désignant un point sur l'eau.

Délesté de son précieux fardeau, le corps venait de remonter, petite tache noire dans un océan d'or liquide. La déesse avait accepté l'offrande, elle rendait la dépouille.

En repassant devant la pagode, le juge Ti prononça les mots que chacun redoutait : il fallait un volontaire pour replacer le cadavre de l'enfant dans la cave, en attendant que les fossoyeurs de la ville vinssent procéder aux inhumations rituelles. Le moine se dévoua tandis qu'ils continuaient leur chemin, ils l'entendirent bientôt les appeler :

– Il n'est plus là ! Quelqu'un l'a emporté !

Le juge Ti se hâta de gravir les marches. En effet, les bâtonnets d'encens qu'ils avaient allumés brûlaient toujours, mais le défunt avait disparu. Il espéra qu'un animal ne s'était pas emparé de ces pauvres restes. Il convenait d'aller voir si tout était bien en ordre dans la crypte. Il saisit l'un des trois lampions et pénétra dans la caverne. L'odeur répugnante avait disparu. Il s'engouffra jusqu'au fond de l'excavation. Quelle ne fut pas sa surprise en constatant que le petit corps avait rejoint ceux de ses parents. La famille Tchou assassinée reposait de nouveau au complet, semblant dormir, apaisée, tranquille. Quel était ce prodige ? Il remonta à l'air libre. Les autres l'attendaient avec anxiété.

– L'un de vous a-t-il replacé l'enfant auprès des siens ? demanda-t-il.

Nul ne répondit. Ils se contentèrent d'arborer des mines ahuries et de se regarder les uns les autres. Jugeant inutile de répéter sa question, le juge Ti marcha jusqu'au portail, suivi par la petite troupe.

– Le courant est moins fort, dit Hong Liang.

– Tant mieux, répondit le juge. Tu vas pouvoir traverser. M. Tchou va t'aider. N'est-ce pas, M. Tchou ?

L'acteur bredouilla qu'il s'en ferait un plaisir. Le moine et le jardinier arrivèrent en traînant la barque du lac, que le majordome avait omis de saboter, et la déposèrent sur la rive.

– Je peux tenter le trajet, si Votre Excellence le désire, proposa le jeune homme.

Le juge répondit que son sergent s'en sortirait très bien. Il tenait à garder ses principaux suspects autour de lui, et particulièrement ce jeune acteur, qui avait toutes les raisons de s'enfuir : la mort de Song Lan ne le blanchissait nullement de l'odieuse attaque qu'il s'était permise sur la personne d'un magistrat en mission. Mlle Tchou jetait au juge des regards réprobateurs.

Ils regardèrent M. Tchou et Hong Liang lutter contre le courant.

– Allez ! leur cria le juge, impatient de voir cette affaire se terminer. Ne soyez donc pas si maladroits !

Avec quelque effort, les deux hommes parvinrent à s'enfoncer dans la ville.

– Nous sommes sauvés ! dit le moine avec un geste de gratitude envers le Ciel.

– Je n'en suis pas si sûre, répondit Mme Tchou, qui se demandait quels projets le juge nourrissait pour leurs personnes.

Les autorités arrivèrent peu après, conduites par le sergent. Ti leur résuma en deux mots la situation : le majordome avait empoisonné ses maîtres avant de se suicider. Il ne tenait pas à exposer à ses supérieurs qu'il s'était laissé abuser huit jours durant par une troupe d'acteurs de seconde zone. Cela aurait éclipsé tout son mérite d'avoir résolu l'affaire. On en aurait ri longtemps, dans la capitale ! Les nouveaux venus tinrent absolument à faire venir les principaux notables. La nouvelle révolutionna le village. Le magistrat comprit qu'on ne se coucherait pas de sitôt cette nuit-là. Le responsable de la ville et ses amis se firent servir une collation, qu'ils dévorèrent en poussant de grands « Oh ! » et autres exclamations outrées au récit que Hong Liang agrémentait de maints détails, pour la plupart sortis de son imagination. Ti en profita pour aller présenter ses excuses au vieux M. Tchou, toujours reclus dans sa chambre. Il saisit la clé posée sur un meuble et délivra le vieillard, seul rescapé du terrible massacre. Sa réclusion n'avait plus de sens. Il était à présent l'unique maître de sa demeure.

– Vous aviez raison depuis le début, dit le juge. Veuillez accepter mes plus plates excuses. J'aurais dû tendre l'oreille à vos discours. Je me suis montré présomptueux.

– Je vous avais bien dit que j'étais mort ! clama le vieil homme. Vous admettez donc que vous nous avez tués ? Ce n'est pas trop tôt !

Le juge Ti se souvint alors pour quel motif il s'était

abstenu de porter foi aux éructations de ce témoin. Le moine aida le patriarche à accompagner aux flambeaux les neuf cercueils vers le temple de la Félicité publique, en attendant l'inhumation au cimetière : ceux, superbes, des Tchou, ceux de leurs domestiques et de la vieille servante, et celui de leur assassin, repêché dans le lac, que l'on avait placé entre quatre planches mal jointes. Le malfaiteur retrouvait dans la mort sa place de subalterne.

Le petit matin arriva alors que personne n'avait dormi. Le juge Ti venait à peine de trouver le sommeil lorsqu'on gratta à sa porte, côté coursive.

– Entrez, cria-t-il en se demandant qui venait encore l'ennuyer.

Mlle Tchou apparut. Son visage portait une expression de timidité qui, pour une fois, n'avait pas l'air feinte. Elle s'agenouilla devant le lit du magistrat.

– Je viens implorer votre clémence, dit-elle.

– Pour votre famille de menteurs ?

– Non. Pour Ho. Je l'aime. Je supplie Votre Excellence de ne pas briser mon cœur et de lui pardonner son acte irréfléchi.

Le juge estima que la demoiselle ne manquait pas d'air. Comment gracier un homme qui avait tenté de le trucider dans son sommeil ? Il fallait qu'il fût puni ! Mais pas forcément de la manière prévue par la loi... Après tout, il était, lui, la victime ; le choix de la pénitence lui appartenait. Une idée lui vint.

– Je lui pardonnerai... à condition qu'il vous épouse au plus vite. J'y tiens absolument.

Un sourire radieux éclaira les traits de la jeune fille. Elle faillit lui sauter au cou, le remercia cent fois et courut annoncer la bonne nouvelle à son fiancé. Le juge Ti eut un sourire acide. Il n'avait pas accordé son pardon pour leur procurer le bonheur. Le jardinier avait voulu l'étouffer : c'est lui qui allait étouffer sous peu. La strangulation promise aux assassins de fonctionnaires était une mort trop rapide ; il le condamnait à une souffrance beaucoup plus longue et raffinée. Le malheureux serait assez puni d'avoir une épouse aussi rouée, il maudirait dix mille fois le jour où il avait renoncé à être exécuté pour vivre un calvaire sans fin avec cette femme, qui deviendrait chaque jour moins belle, moins attirante, mais non pas moins perfide, et qui compenserait la perte de ses charmes par une acrimonie insoutenable.

Les acteurs l'attendaient dans le couloir, la mine penaude.

– Voilà pourquoi votre cuisine était si rude ! dit-il au moine. Vous n'êtes pas cuisinier !

Saveur de Paradis eut une expression indignée :

– Je ne vois pas ce que Votre Excellence veut dire. Je cuisine toujours ainsi. Quelque chose n'était pas à votre goût ?

Les deux jeunes gens se tenaient par la main. Ce charmant tableau évoquait la douceur un peu mièvre des figurines émaillées.

– Ils sont promis l'un à l'autre, dit la mère de famille avec un attendrissement tout à fait hors de propos.

Le juge poussa un profond soupir. Il leur enjoignit de profiter de la décrue pour filer au plus vite. Il voulait bien considérer qu'ils s'étaient rachetés en l'aidant à démasquer le meurtrier ; après tout, il leur aurait été facile de laisser ce dernier lui faire un mauvais sort, ou même de l'y encourager afin de piller la maison. Les Tchou s'inclinèrent avec gratitude. Une heure plus tard, ils franchissaient le portail sans demander leur reste.

Le juge Ti regarda leur charrette s'éloigner sur la route boueuse. Il se douta bien qu'ils ne partaient pas les mains vides, mais peu lui importait. Le vieux M. Tchou n'aurait que faire de quelques lingots en plus ou en moins. Il réalisa alors qu'il ne s'était même pas enquis de leur véritable nom !

Il fut convenu que la nonne viendrait s'installer au château pour prendre soin de son vieux soupirant. Le juge se demanda si elle parviendrait à l'empêcher d'aller voir Mlle Bouton-de-rose un jour par semaine. Sans doute pas. En principe la dynastie des Tchou s'arrêtait avec lui. Mais qui sait ? Peut-être la femme-fleur lui donnerait-elle *in extremis* un héritier ? Avec la protection de la déesse, tout était possible. Le juge Ti se surprit à accorder du crédit à ces superstitions. Après tout, le jour de sa fête, la déesse du lac Tchou-An ne s'était-elle pas offert l'abominable majordome ?

La maison était enfin tranquille. C'était le moment de prendre quelques brèves heures de repos. Il s'étendit sur son lit, incapable de trouver le sommeil. Ce cas si particulier continuait de le hanter. Ces châtelains, une génération après l'autre, n'avaient extrait de leur cave que ce qui était nécessaire à un train de vie agréable, sans autre ambition : issus d'un simple pêcheur, ils en avaient conservé une volonté farouche de passer inaperçus. En fait, même leur fin serait restée ignorée de lui si un trépassé, en venant flotter jusqu'à ses pieds, ne lui avait signalé le meurtre. Le défunt avait témoigné de son propre assassinat ! « On peut toujours compter sur la vindicte des cadavres et de leur fantôme », conclut mentalement le juge Ti, avant de se dire que l'atmosphère magique de cette demeure l'avait contaminé. Il était temps de s'en retourner dans le monde réel.

Au matin suivant, Hong Liang lui annonça non sans plaisir qu'un navire avait accosté avec le reste de leur escorte. Le magistrat se dit qu'il n'avait plus qu'à régler les réparations effectuées sur le bateau qui l'avait amené, pour reprendre son périple. Il avait justement sous la main, à cet effet, un joli lingot d'or, celui découvert dans le parc. Il ne fallait pas être trop à cheval sur l'honnêteté. Après tout, il ne l'avait pas volé, il l'avait trouvé dans les buissons. M. Tchou en avait bien d'autres à sa disposition, si tant est qu'il s'en souvînt, et la résolution de l'énigme valait bien un petit cadeau. Le vieillard n'avait sûrement rien à faire non plus du cahier d'estampes rares offert par ses faux enfants. Voilà qui plairait énormément à sa Première épouse, férue de dessins anciens.

Le magistrat et son sergent descendirent la volée de marches du perron, laissèrent derrière eux les deux chimères à la patte levée en signe d'un bonheur qui appartenait déjà au passé, et traversèrent une dernière fois le joli petit pont arqué enjambant les lotus blancs et roses. Ti ne put s'empêcher de songer que ce beau jardin du bien était promis à une rapide dégénérescence, à présent que le mal en avait été extirpé. Il fit sans regrets ses adieux au château du lac Tchou-An, à son luxe inutile et à ses spectres, dont l'ombre planerait longtemps encore sur ces eaux brumeuses.

DU MÊME AUTEUR

Les Insulaires
Editions de Septembre, 1990

Les Fous de Guernesey
ou les Amateurs de littérature
Robert Laffont, 1991

L'Ami du genre humain
Robert Laffont, 1993

L'Odyssée d'Abounarti
Robert Laffont, 1995
et « Pocket », n° 10074

Mademoiselle Chon du Barry
ou les Surprises du destin
Robert Laffont, 1996

Les Princesses vagabondes
prix François-Mauriac de l'Académie française
Jean-Claude Lattès, 1998

La Jeunne Fille et le Philosophe
Fayard, 2000

Un beau captif
Fayard, 2001

La Passion Belhomme
Une prison de luxe sous la Terreur
Fayard, 2002

Douze tyrans minuscules
Les Policiers de Paris sous la Terreur
Fayard, 2003

Les Nouvelles Enquêtes du juge Ti, vol. 2
La Nuit des juges
Fayard, 2004
et « Points Policier », n° P1542

Les Nouvelles Enquêtes du juge Ti, vol. 3
Le Palais des courtisanes
Fayard, 2004
et « Points Policier », n° P1600

Les Nouvelles Enquêtes du juge Ti, vol.4
Petits meurtres entre moines
Fayard, 2004
et « Points », n° P1832

Les Nouvelles Enquêtes du juge Ti, vol.5
Madame Ti mène l'enquête
Fayard, 2005
et « Points », n° P1833

Les Nouvelles Enquêtes du juge Ti, vol.6
Mort d'un cuisinier chinois
Fayard, 2005

Les Nouvelles Enquêtes du juge Ti, vol.7
L'Art délicat du deuil
Fayard, 2006

Les Nouvelles Enquêtes du juge Ti, vol. 8
Mort d'un maître de go
Fayard, 2006

Les Nouvelles Enquêtes du juge Ti, vol. 9
Dix petits démons chinois
Fayard, 2007

Les Nouvelles Enquêtes du juge Ti, vol. 10
Médecine chinoise à l'usage des assassins
Fayard, 2007

Les Nouvelles Enquêtes du juge Ti, vol. 11
Guide de survie d'un juge en Chine
Fayard, 2008

Jeunesse

La Nuit de toutes les couleurs
(en collaboration avec Emilie Chollat)
Milan, 1999

Une histoire à dormir debout
(en collaboration avec Gwen Kéraval)
Milan, 1999

Petit lapin a disparu
(en collaboration avec Isabelle Chatelard)
Milan, 2000

Je m'envole
(en collaboration avec Olivier Latick)
Milan, 2000

L'Orphelin de la bastille, vol.1
Milan, 2002

L'Orphelin de la bastille, vol.2
Révolution
Milan, 2003

L'Orphelin de la bastille, vol. 3
La Grande Peur
Milan, 2004

L'Orphelin de la bastille, vol. 4
Les Derniers Jours de Versailles
Milan, 2005

La Princesse météo
(en collaboration avec Frédéric Pillot)
Milan, 2005, 2007

L'Orphelin de la bastille, vol. 5
Les Savants de la Révolution
Milan, 2006

RÉALISATION : Graphic Hainaut
IMPRESSION : BRODARD ET TAUPIN À LA FLÈCHE
DÉPÔT LÉGAL : SEPTEMBRE 2006. N° 88380-3 (45106)
IMPRIMÉ EN FRANCE